Ein Buch aus dem Rowohlt-Pegasus-Programm

John Collier

Denk nichts Böses

Dreizehn neue
mitternachtsblaue Geschichten

Deutsch
von Jürgen Abel

Rowohlt

1. Auflage April 1984

Umschlagentwurf Boris Sokolow
(Typographie und Einbandgestaltung Manfred Waller)
Gesetzt aus der Garamond (Linotron 404)
Gesamtherstellung Clausen & Bosse, Leck
Printed in Germany
ISBN 3 498 00864 1

Noch eine amerikanische Tragödie

Ein junger Mann betrat das Behandlungszimmer eines Prominenten-Zahnarztes und setzte sich auf den Stuhl. Verächtlich winkte er die kleine Sonde und den Zahnspiegel fort, mit denen sich der Zahnarzt lächelnd näherte. «Reißen Sie sie alle raus», sagte er.

«Aber Ihre Zähne scheinen völlig in Ordnung zu sein», sagte der Zahnarzt.

«Meine Finanzen auch», sagte der junge Mann.

Der Zahnarzt zögerte ein wenig. «Es wäre gegen das Berufsethos, gesunde Zähne zu ziehen», sagte er. «Es sei denn, es gäbe einen triftigen Grund.»

Der junge Mann, der bei dem Wort «Berufsethos» angefangen hatte zu lächeln, grinste bei den letzten Worten so breit, daß seine hintersten Backenzähne zu sehen waren. Gleichzeitig zupfte er eine kleine Rolle Geldscheine aus seiner Westentasche und behielt sie sichtbar in der Hand.

Der Zahnarzt ignorierte die Geldscheine. «Wenn Sie wollen, daß Ihre kerngesunden Zähne gezogen werden, müssen Sie einfach verrückt sein», sagte er. «Ich habe aber eine kleine Theorie: kein *Wahn* ohne *Zahn*, das heißt, geistige Störungen haben ihre Ursache in kranken Zähnen. Sie sind ein Zeichen, daß irgendwo über den Zahnwurzeln etwas nicht stimmt, besonders bei den oberen Zähnen. So gesehen ...»

«Reden Sie nicht lange drum herum und ziehen Sie sie», sagte der junge Mann, der nichts von solch einschlägigen Spitzfindigkeiten hielt.

Der Zahnarzt zuckte mit den Schultern und gehorchte. Als fürchte er, der junge Mann könne nach den Extraktionen zu sehr im Besitz seiner geistigen Kräfte sein, zog er ihm, gleichsam als dreiunddreißigsten, mit der Zange das Geldscheinbündel aus der Hand.

Der junge Mann sagte nichts dazu, sondern bat nur um einen Spiegel, in dem er seinen tauben und eingesunkenen Kiefer mit allen Anzeichen der Befriedigung musterte. Er fragte, wann seine Zahnprothese fertig sein werde, vereinbarte einen Termin und ging.

«Mein Gott!» dachte der Zahnarzt. «Vielleicht lag es doch nicht an seinen Zähnen. Offensichtlich ist er noch genauso verrückt wie vorher.»

Damit unterlief dem Zahnarzt ein großer Irrtum. Der junge Mann war bei klarem Verstand und wußte genau, was er tat. Wie es das Schicksal wollte, hatte er sein ganzes Geld in ein paar Jahren liederlicher Ausschweifungen ausgegeben, hatte aber einen weitreichenden und todsicheren Plan, sich neues zu beschaffen. Was Zähne betraf, war er völlig anderer Meinung als gemeinhin die Leute. Er fand, es sei besser, sie nicht zu haben und zu brauchen, als sie zu haben, aber keine Verwendung für sie zu finden.

Also ging er am vereinbarten Tag wieder zu dem Zahnarzt und bekam seine künstlichen Beißer, mit denen er sogleich die vulgärsten Schmatz- und Knirschgeräusche machte. Er bezahlte sie mit seinen vorletzten Dollars, ging, stieg in seinen schnittigen Roadster und raste aus der Stadt, als sei ihm das Kreditbüro auf den Fersen, was es gewiß auch gewesen wäre, wenn es ihn entdeckt hätte.

Er fuhr bis zum Anbruch der Dunkelheit und setzte seine Reise am nächsten Tag fort. Am späten Nachmittag erreichte er den Landesteil, wo alte und knauserige Onkel in entlegenen, heruntergekommenen Farmhäusern leben. Unser junger Mann hatte mehr oder weniger das Glück, einen der reichsten und ältesten dieser Onkel zu besitzen, dessen Haus das entlegenste und heruntergekommenste von allen war.

An der einsamen Behausung angekommen, fuhr unser Held vor einer Veranda vor, an die seit Jahren kein Geld mehr verschwendet worden war. «Um so mehr muß im Strickstrumpf sein», überlegte der Neffe, als er an die Tür klopfte.

Er erschrak ein wenig, als er drinnen hohe Absätze klappern hörte und nicht das Schlurfen eines schwerhörigen und griesgrämigen Lehnsmanns, und sein Kinn klappte hinunter, als die Tür von einer rotbäckigen und drallen Blondine geöffnet wurde, einem Herzchen, das etwa 30 war und 70 Kilo wiegen mochte. Ihr Mund war breit und rot wie eine Wassermelonenscheibe; sie hatte dunkelgetuschte Wimpern und Augenbrauen und eine blondgefärbte Haartolle, die mädchenhaft-kokett über ihre Schulter fiel. Unser Freund war jedoch einigermaßen beruhigt, als er registrierte, daß sie eine Art Schwesterntracht trug. Aber der extrem kurze Rock und die Tatsache, daß ihre Strumpfhalter knallrot und mit gewaltigen Schleifen verziert waren, veranlaßten ihn zu der stummen Frage, ob sein Onkel die bestmögliche medizinische Betreuung bekam.

Nichtsdestoweniger ist es wichtig, eine Schwester für

sich einzunehmen, besonders wenn sie wie festgeschmiedet in der Tür steht. Unser Held nahm seinen Hut ab und setzte ein so gewinnendes Lächeln auf, daß ihm beinahe die falschen Zähne aus dem Mund fielen. «Ich bin extra den weiten Weg von New York gekommen, um meinen armen, lieben, bettlägerigen alten Onkel zu besuchen», sagte er. «Gott segne ihn! Mit einer so entzückenden Schwester habe ich allerdings nicht gerechnet.»

Die Schwester, die keinen Zoll wich, starrte ihn nur mürrisch und mißtrauisch an.

«Ich fürchtete, es geht zu Ende», fuhr der Neffe fort. «Ich hatte nämlich eine Ahnung, eine Art telefonisches SOS, das mir sagte, ich müsse mich beeilen, ehe es zu spät sei. Lassen Sie mich an sein Krankenlager.»

Die Schwester zögerte immer noch, aber in diesem Augenblick erhob sich in den schummrigen Tiefen des Hauses ein absonderliches Geräusch, das dem Quaken riesiger Ochsenfrösche glich. Es war der gute alte Onkel selber, der zahnlos nach dem sofortigen Anblick seines Neffen verlangte, dessen Ausdruck der Zuneigung und Sorge inzwischen bis in die letzten Winkel des Hauses gedrungen war. Der alte Knabe wußte sehr wohl, daß sein junger Verwandter es auf sein Geld abgesehen hatte, und er brannte auf das Vergnügen, ihm eine Enttäuschung zu bereiten.

Die Schwester trat etwas widerwillig zur Seite. Mit einem gut einstudierten Freudenschrei eilte unser Held ins Schlafzimmer.

Nichts ist herzbewegender als die Begrüßung zweier Verwandter, die lange voneinander getrennt waren – besonders wenn sie sich so mögen wie diese beiden. «Mein lieber Onkel!» rief der Neffe. «Wie schön, dich wiederzusehen. Aber warum zittert deine Hand so? Warum hast du so tiefliegende Augen? Warum bist du so mager und blaß?»

«Was das betrifft», sagte sein Onkel, «siehst du selber nicht gerade rosig und gesund aus. Wirklich, du scheinst völlig abgewirtschaftet zu sein, mein Junge, offenbar hast du auch abgenommen. Deine Haare sind schütter und grau; überall hast du Rillen und Falten im Gesicht, und deine Wangen sind völlig eingefallen. Wenn du nicht diese schönen weißen Zähne hättest, würdest du genauso alt aussehen wie ich, glaube ich.»

«Das kommt vom vielen Schuften und Malochen», sagte der Neffe. «Wenn man heutzutage etwas werden will, muß man Tag und Nacht am Ball bleiben, vor allem wenn man keinen Cent Kapital hat.»

«Du willst also etwas werden?» sagte der alte Mann. «Trinkst du nicht mehr?»

«Nein, Onkel, keinen Tropfen», erwiderte der Neffe.

«Das ist hart», sagte sein Onkel und zog einen großen Flachmann unter seinem Kopfkissen hervor. «Dann darf ich dir ja leider nichts anbieten.» Mit diesen Worten nahm er einen kräftigen Schluck und fuhr, sich die Lippen abwischend, fort: «Ich habe Gott sei Dank einen guten Arzt. Einen typisch bärbeißigen, rechtschaffenen Landarzt der alten Schule, der kein Blatt vor den Mund nimmt. Wir nennen ihn nur den Pferdedoktor. Er empfiehlt mir das als Medizin.»

«Vielleicht zittert deine Hand deshalb so.»

«Deine scheint auch nicht allzu sicher zu sein», gab der Onkel zurück. «Du arbeitest offensichtlich zuviel. Sag mal, mein Junge, leistest du dir nicht dann und wann wenigstens ein aufregendes Spielchen?»

«Großer Gott, nein!» rief der Neffe. «Das hab ich mir schon lange abgewöhnt.»

«Tut mir leid, das zu hören», antwortete sein Onkel. «Wir hätten ein bißchen pokern können. Der alte Pferdedoktor sagt, die Aufregung halte mich am Leben. Wir zocken oft bis nach Mitternacht zusammen.»

«Darum hast du so tiefliegende Augen», sagte der Neffe.

«Ich finde, du auch», antwortete der alte Mann. «Du solltest dir ab und zu etwas Ruhe gönnen. Ich liege doch richtig mit der Annahme, daß du dann und wann ein bißchen Spaß mit einem Mädchen hast, mein lieber Neffe?»

«Mädchen!» rief der Neffe und hob die Hände. «Was für ein schrecklicher Gedanke! Es ist Jahre her, seit ich auch nur eine angesehen habe.»

«Ein Jammer», sagte der Onkel. «Der alte Pferdedoktor hat da sehr moderne Ansichten. Er war es, der mir Birdie geschickt hat.» Und er wandte sich zur Schwester, die zufällig gerade seine Kissen aufschüttelte, und liebkoste sie mit Blicken, die auf keiner Arzneimittelliste stehen.

«Kein Wunder!» krähte sein Neffe, als die Schwester, den Kopf zurückwerfend und vor sich hinglucksend, das Zimmer verlassen hatte. «Kein Wunder, daß du so beängstigend dünn und blaß bist, armer Onkel.»

«Du aber auch», entgegnete sein Onkel. «Und du bist erst halb so alt wie ich.»

«Na ja», sagte der Neffe und probierte es mit einer anderen Taktik. «Vielleicht hat dein Arzt recht. Vielleicht sollte ich besser deine Therapie befolgen.»

«Das rate ich dir allen Ernstes», sagte der alte Mann. «Das Dumme ist nur, daß ich kaum dabei arbeiten kann», sagte der Neffe. «Ich denke, es wird dir nichts ausmachen, mir etwas Geld zu geben, damit ich die Vorzüge jener Behandlung genießen kann.»

«Mitnichten», sagte sein Onkel. «Das werde ich nicht tun, auf keinen Fall.»

«Das habe ich mir gedacht», sagte sein Neffe. «Dann werde ich wohl weiter schuften müssen. Dein guter Pferdedoktor wäre sicher gar nicht damit einverstanden. Aber sag mir eins, stille meine Neugier in einer winzigen Kleinigkeit. Besteht irgendeine Hoffnung, daß ich eines Tages dein Geld bekommen werde? Hast du dein Testament entsprechend aufgesetzt?»

«Aber mein Junge», sagte der Onkel. «Wie kannst du dich jetzt schon mit so etwas belasten?»

«Sag es mir doch», drängte der Neffe. «Du hast keine Ahnung, wie sehr es mich interessiert.»

«Schön, wenn du es wirklich wissen möchtest», sagte sein Onkel. «Ich werde alles dem Pferdedoktor hinterlassen, einem wackeren, aufrechten, ehrlichen, kauzigen, sanftmütigen alten Knochenbrecher, und du kannst dir nicht vorstellen, wieviel Spaß mir seine Behandlung macht.»

«Ach, wirklich?» sagte der Neffe. «Ich muß sagen, etwas Derartiges habe ich erwartet. Zum Glück habe ich mich auf die Möglichkeit vorbereitet. Erlaubst du, lieber Onkel?»

Er zog ein Kissen unter dem Kopf des alten Mannes hervor und drückte es ihm aufs Gesicht. Der alte Onkel strampelte ein- oder zweimal verdrossen, aber es war sowieso nur noch wenig Leben in ihm, und bald war auch das Wenige entschwunden.

Mit einem gespannten Blick zur Tür entledigte sich der Neffe schnell seiner Kleidungsstücke und schob sie unter das Bett. Als nächstes nahm er sich die Freiheit, das Nachthemd seines Onkels zu borgen, da er wohl ein wenig fror. Dann schob er den ausgemergelten Körper seines Onkels ebenfalls unters Bett und nahm seine Stelle unter der Decke ein. Zuletzt spie er seine falschen Zähne in ein sauberes Taschentuch, das er zu diesem Zweck mitgebracht hatte, und lehnte sich, ein Ebenbild des alten Mannes, auf die Kissen zurück.

Kurz danach begann er zu greinen: «Birdie! Birdie!»

Die Schwester kam auf seinen Ruf ins Zimmer gelaufen. «Was ist denn, Schatz», sagte sie, «ist dieser Taugenichts von einem Neffen weg?»

«Er macht gerade einen Spaziergang um den Hof», krächzte unser Held. «Außerdem finde ich, Sie sollten ihn nicht Taugenichts nennen. Nein, ich habe dem jungen Mann unrecht getan, und ich möchte, daß Sie den Notar kommen lassen, damit ich ihm in meinem Testament Gerechtigkeit widerfahren lassen kann.»

«Was, Daddy?» rief die Schwester. «Was hat denn bloß diesen Wandel bewirkt?»

«Wandel?» sagte der Neffe hastig. «Ich habe mich nicht gewandelt, Süße, außer vielleicht, daß ich mein Ende nahen fühle. Ansonsten bin ich noch ganz der alte.» Wie zum Beweis ließ er ihr eine freundliche kleine Liebkosung zukommen, genau wie sein Onkel es vorhin getan hatte. Sie kreischte vergnügt und ging kichernd hinaus, um den Auftrag zu erledigen.

Der Neffe lag mopsfidel im Bett und wartete auf die Ankunft des Notars. «Ich werde ein neues Testament diktieren», dachte er, «und vor den Augen des Notars zittrig die Krakelunterschrift meines Onkels nachmachen. Dann werde ich den Wunsch ausdrücken, für ein kleines Nickerchen allein gelassen zu werden, meinen armen Onkel wieder ins Bett legen, meine Sachen anziehen, meine Zähne wieder in den Mund stecken und aus dem Fenster klettern, um zur Haustür zu gehen, als wäre ich gerade von meinem Spaziergang zurückgekommen. Was für Ströme von Tränen ich vergießen werde, wenn wir entdecken, daß der arme alte Knabe friedlich hinübergegangen ist!»

Bald erklangen schwere Schritte auf der Veranda, und ein großer und grobschlächtiger Kerl mit einer dicken schwarzen Tasche kam ins Zimmer geschritten.

«Ich bin froh, daß Sie da sind», sagte unser Held. «Ich möchte unbedingt ein neues Testament aufsetzen. Ich will alles meinem Neffen vermachen.»

«Mein lieber alter Freund», sagte der Ankömmling, «ich fürchte, das Leiden hat auf Ihr Gehirn übergegriffen. Wer hätte gedacht, mein alter Spielkumpan könnte mich für den Notar halten? Ich muß Sie unbedingt kurz untersuchen.» Damit zog er die Decke herunter und fing an, den Neffen mit einem harten und schwieligen Finger zu traktieren. Der Neffe begriff zu spät, daß dies kein Notar, sondern der gute alte Pferdedoktor persönlich war, und stöhnte dumpf.

«Das habe ich befürchtet», sagte der Arzt. «Hier drin ist eine ganz üble Sache. Ich muß sofort etwas unternehmen, wenn Sie Ihre geistigen Kräfte wiedererlangen wollen.» Noch während er sprach, drehte er den Neffen auf den Bauch und zog eine riesige Injektionsspritze aus seiner schwarzen Tasche. «Zum Glück habe ich immer etwas für Notfälle dabei», sagte er.

Unser Held versuchte zu protestieren, aber da er Angst hatte, sein Onkel werde unter dem Bett entdeckt werden und die Umstände würden gegen ihn sprechen, fiel ihm nichts Rechtes ein. Der Arzt holte aus und injizierte ihm einen halben Liter eiskalte Flüssigkeit ins Kreuz, die seine ganze Mittelpartie betäubte und seinen gesamten Bewegungsapparat mit Ausnahme seiner Augenmuskeln lähmte. Er konnte nur noch die Augen verdrehen, eine Möglichkeit, von der er nun übertrieben Gebrauch machte.

«Ich bin zwar nur ein alter, ungeschliffener Pferdedoktor», bemerkte der Arzt, «aber ich halte mich auf dem laufenden. Geistige Störungen werden oft von Störungen im Unterleib verursacht. Wenn Sie bitte das Besteck holen würden, Schwester, werden wir die Wurzel des Übels bestimmt bald finden.»

In Sekundenschnelle war der unglückliche Neffe vor seinen eigenen Augen, die er ständig weiter verdrehte, aufgeschnitten. Der Doktor, der ihn leerte wie eine Reisetasche, kommentierte ununterbrochen seine Tätigkeit. «Da, nehmen Sie das», sagte er zu der Schwester, «und legen Sie es auf den Waschtisch. Legen Sie das hier auf den Stuhl. Passen Sie auf, daß Sie es nicht durcheinanderbringen, sonst haben wir nachher den Salat, wenn ich es wieder hineintue. Ein Jammer, daß der Neffe noch nicht wieder da ist; es ist ethischer, wenn man das Einverständnis eines Verwandten hat, ehe man operiert. Die Bauchspeicheldrüse scheint mir in Anbetracht des Alters des Patienten ganz in Ordnung zu sein. Legen Sie sie auf die Kommode. Hängen Sie das hier über das Fußende.»

«Halten Sie das Licht bitte etwas höher», fuhr er fort. «Ich habe die Ursache seines Wahns immer noch nicht gefunden. Passen Sie auf, daß die Kerze nicht tropft, es wäre kaum hygienisch. Er muß schlicht verrückt geworden sein, sonst würde er nicht im Traum daran denken, sein Geld diesem Nichtsnutz von Neffen zu hinterlassen. Es war gut, daß Sie mir Bescheid gesagt haben, meine Beste, und nicht dem Notar. Wenn das hier vorbei ist, sollten wir zusammen eine kleine Reise machen.»

Bei diesen Worten liebkoste er die Schwester ähnlich wie Onkel und Neffe es getan hatten. Dieser Anblick schockierte den Neffen nicht nur, sondern deprimierte ihn maßlos und minderte seine Widerstandskraft. «Das verstößt gegen das Berufsethos», dachte er, «und was noch schlimmer ist, es schmeckt abscheulich nach einem Komplott.» Bei diesem Gedanken verdreht er die Augen ein letztes Mal, und im nächsten Moment war er verschieden.

«Großer Gott», sagte der Arzt, «ich fürchte, ich habe meinen Patienten verloren. Manchmal beneide ich diese Großstadtärzte mit ihren supermodernen OPs. Aber ihre Biographien verkaufen sich meist verdammt schlecht, und außerdem habe ich mein Bestes für den alten Knaben getan, und er hat mich in seinem Testament bedacht. Wäre er am Leben geblieben, hätte er es ändern können. Was für eine ungewöhnliche Laune des Schicksals! Reichen Sie mir doch bitte die Organe rüber, meine Beste, damit ich sie schnell wieder notdürftig reinpacken kann; denn ich denke, der Neffe wird gleich zurückkommen, und er würde sie bestimmt nicht gern herumliegen sehen.»

Rufen Sie nicht an, wir melden uns wieder

«Rosebay 102? Miss Rosemary Underwood? Hier Lieutenant Mackintosh. Polizeirevier Stratton.»

Rosemary parkte ihr Auto stets vorschriftsmäßig. Wenn sie einen Hund gehabt hätte, hätte er niemals den Bürgersteig verunreinigen dürfen. Das nicht existierende Tier hätte sich nicht einmal selber erlaubt, den Bürgersteig zu verunreinigen. Die rosige, stattliche Dame war von einer gesunden Normalität, die sie wirksam an jeglichen Verunreinigung, egal welcher Art, hinderte. Und das, lieber Leser, sollte auch für Sie gelten.

«Worum geht es, Lieutenant? Kann ich etwas für Sie tun?»

«Fragen Sie nicht, was Sie für *mich* tun können, Miss Underwood. Es geht darum, was Sie für die Gemeinde tun können.»

Rosemary war die Dorfbibliothekarin. Sie liebte ihre Arbeit, und sie liebte ihr Dorf. «Für die Gemeinde? Natürlich. Was in meinen Kräften steht.»

«Sie werden sehr viel Mut brauchen.»

«Was soll ich dazu sagen, Lieutenant. Aber ich will's versuchen.»

«Es geht um diese Anrufe.»

«Würden Sie bitte etwas deutlicher sprechen? Ich fürchte, mit der Leitung stimmt etwas nicht.»

«Obszöne Anrufe, Miss Underwood. Dieser Kerl hat sie in allen vier Dörfern gemacht. Mit *ihm* stimmt etwas nicht.»

«Aber doch nicht hier in Rosebay?»

«Jede Woche ein anderes Dorf. Zuerst Idell. Dann Morton's Pond. Dann Padwick. Und jetzt ist Ihr Ort dran. Seit Montag haben wir jeden Abend eine Beschwerde bekommen.»

«Wie *unangenehm!* Aber ich sehe trotzdem nicht ganz, was ich damit zu tun haben könnte, Lieutenant.»

«Sie haben schon damit zu tun, Miss. Sie stecken schon drin bis zu ... nun, sagen wir, bis zu den Ohren. Nach unserem Tatentwurf hier in meinen Unterlagen hat er Sie für seine kleine Talkshow heute abend ausgewählt.»

Obszöne Anrufe gehen oft mit schwerem Atem einher. Rosemarys reichlicher Busen hob und senkte sich, nur leicht und nur einmal, aber es war wie das sanfte Dünen jener ungewöhnlichen Woge, die von einem Aufruhr in fernen Tiefen kündet. Sie hatte gerade noch genug Luft, um zu fragen: «Aber wie wollen Sie das wissen?»

«Psychologie der Verbrechensverhütung, Miss Underwood. Für Sie ist dieser Mann ein schmutziger, verkommener Perverser. Für uns ist er der Typ des besessenen Zwangstäters. In einem solchen Fall betrachtet man sein Tatmuster; alles andere ist dann Routine – lokalisieren, hinfahren, festnehmen. Und wir haben gerade herausgefunden, nach welchem Schema unser Mann vorgeht. Er steht auf alphabetische Reihenfolge, und damit steht er genau an Ihrer Schwelle.»

«Ich fürchte, ich kann Ihnen nicht ganz folgen.»

«Im Telefonbuch. Alleinstehende Frauen. In Rosebay war es Montag Miss Daniels, Dienstag Miss Jackson, dann kamen Miss Roberts und Miss Rutherford, und heute abend würde es Miss Taylor sein, aber es scheint, daß unser Mann gleichzeitig ein kleiner Spanner ist: Wir haben nämlich festgestellt, daß er nur gutaussehende Damen nimmt. Und deshalb schätzen wir, daß Sie als nächste drankommen. Nur zu Ihrer Information, Miss Underwood: Er sucht sich immer die Zeit aus, die wir die blaue Stunde nennen könnten, nach Feierabend, sicher weil er hofft, eine Frau zu erwischen, die ein oder zwei Gläschen getrunken hat und nicht mehr so gehemmt ist. Das heißt, es dürfte gleich so weit sein, daß er Sie anruft.»

«Vielen Dank für die Warnung, Lieutenant. Ich werde natürlich sofort auflegen.»

«Eben das möchten wir Sie bitten nicht zu tun.»

«Nicht auflegen? Selbstverständlich werde ich auflegen. Was denn sonst? Was soll ich Ihrer Meinung nach tun?»

«Wir brauchen ein bißchen Zeit, Miss Underwood. Kostbare Zeit, um der Gemeinde willen. Zeit, um diesen unappetitlichen Typ zu finden, den Anschluß, den er benutzt, mit elektronischen Mitteln zu lokalisieren, ihn zu schnappen und die Gesellschaft von jemandem zu erlösen, der dabei ist, sie zu verderben. Wie könnten wir das aber, wenn Sie sofort auflegen, Miss Underwood?»

«Sie wollen also, daß ich mir alles anhöre, was er mir sagen will?»

«Nur als einen Dienst an der Öffentlichkeit.»

«Tut mir leid, aber ich habe keinesfalls die Absicht,

mich jener Flut von Scheußlichkeiten auszusetzen, Lieutenant.»

«Sie werden *keinesfalls* einer Flut von Scheußlichkeiten ausgesetzt sein, Miss Underwood.»

«Aber Sie haben mich doch eben gebeten zuzuhören.»

«Keinen Scheußlichkeiten. Ich würde es eher ein verbales Liebesspiel nennen. Kein einziges schmutziges Wort während der ganzen Sache. Na ja, vielleicht eines oder zwei, wenn er sich zuletzt in Wallung geredet hat. Aber die Zeugenaussagen stimmen darin überein, daß sie nur undeutlich gestammelt werden und kaum zu hören sind. Außerdem schlagen wir spätestens in diesem Augenblick zu. Weil wir den medizinischen Beweis ermöglichen müssen, wenn ich es wissenschaftlich ausdrücken soll.»

«Lieutenant Mackintosh! Ich fürchte, ich möchte nichts mit dieser widerlichen Kreatur zu tun haben.»

«Immer mit der Ruhe, Miss Underwood! Nennen Sie ihn meinetwegen einen schmutzigen, verworfenen Perversen, das ist Ihr gutes Recht. Aber widerlich ist vielleicht etwas zu stark ausgedrückt. Ich habe hier in meiner Unterlage seinen Wortschatz, komprimiert aus dem, was die Damen uns erzählt haben. Typ: Akademiker oder Künstler. Stimme: einfühlsam, aber männlich. Vokabular – und jetzt passen Sie gut auf: kultiviert, poetisch. Wir haben die Angerufenen aufgefordert, sich nach seinem Charme und dem guten Auftreten vorzustellen, mit welchem bekannten Filmstar sie telefoniert haben könnten, und die überwältigende Mehrheit tippte auf Paul Newman. *Das* ist der Gentleman, der Sie gleich in ein kleines Gespräch verwickeln möchte.»

«Gespräch? Jetzt schlagen Sie auch noch vor, ich solle ihm antworten? Vielleicht sogar in seiner Sprache?»

«Wir wollen nur nicht, daß er denkt, er habe eine frigide Spießerin erwischt. Verstehen Sie, Miss Underwood? Dann wird er nämlich aufhängen, ehe wir den Anschluß finden, geschweige denn ihn fassen. Wenn Sie sich also *überwinden* könnten, ein klein wenig auf ihn einzugehen, gerade genug, um ihn an der Leine zu halten, wenn ich so sagen darf. Das ist alles, worum wir Sie bitten. Wir wären Ihnen zu großem Dank verpflichtet.»

«Ich fürchte, Sie haben sich an die Falsche gewandt, Lieutenant. Selbst wenn ich wollte, ich könnte Ihnen gar nicht helfen.»

«Trotz all dieser modernen Romane, die neuerdings in der Bücherei stehen, Miss Underwood? Sie erinnern sich doch bestimmt an gewisse Passagen, die Ihnen gut als Anregung dienen könnten?»

«Dieser Hinweis gefällt mir gar nicht, Lieutenant.»

«Miss, nur zu Ihrer Information und streng vertraulich, wir wissen zufällig Bescheid über diese Bücher, weil man die Polizei auf sie aufmerksam gemacht hat.»

«Und zu Ihrer Information, Lieutenant: Der Ausschuß hat ausdrücklich bestätigt, daß jedes dieser Bücher einen übergeordneten künstlerisch-sozialen Wert hat.»

«Glauben Sie bitte nicht, ich möchte Sie unter Druck setzen, Miss Underwood. Aber ich denke an den sozialen Wert der reinen jungen Schülerinnen, in deren unschuldige Ohren dieses Ungeheuer bald sein heimtückisches Gift spritzen wird. Glauben Sie mir, Sie sind die letzte erwachsene Lady in den vier Dörfern, die ihm noch bleibt. Das nächste Mal wird er die unschuldigen kleinen Mädchenblüten beschmutzen und verderben und für immer seelisch schädigen. Möchten Sie es in ihren Gesichtern geschrieben sehen, wenn Sie die Straße entlanggehen?»

Rosemary, die sich an einen Herrn mit einer Taschenlampe erinnerte, dem sie als blutjunger Teenager begegnet war, mußte zugeben, daß sie das keineswegs wollte. «Wie lange würde diese Sache dauern, falls ich einverstanden *wäre?*»

«Oh, nicht lange. Wirklich nicht lange. Und wie ich schon sagte, könnten Sie es mit einem oder zwei gutgewählten Worten erheblich beschleunigen. Denken Sie an die Befriedigung, wenn Sie hören, daß es plötzlich läuft.»

«Ich sehe da nichts, was mich befriedigen könnte. Aber wenn ich muß, werde ich wohl müssen. Woher werden Sie wissen, ob dieser Mensch mit mir redet?»

«Es kann jeden Moment so weit sein. Ziehen Sie einfach das Rollo herunter, wenn das Telefon klingelt. Unser Peilwagen wird es sehen. Und überlassen Sie alles andere mir.»

«Hoffentlich enttäusche ich Sie nicht.»

«Glauben Sie mir, Miss Underwood, wir verlassen uns darauf, daß Sie eine fabelhafte Schauspielerin sind und eine prickelnde Vorstellung geben werden. Und ich möchte Ihnen im Namen Ihrer örtlichen Polizeidienststelle und der Gemeinde insgesamt im voraus dafür danken, daß Sie ...»

Rosemary unterbrach den Strom der Dankesbeteuerungen und Allgemeinplätze des Beamten, indem sie auflegte.

Sie sah sich in ihrem geliebten Haus um, als wollte sie sich vergewissern, daß alles noch so war wie vorher. Die Bedrohung kam von draußen; draußen in dem lauen

Abend, hinter den blitzblank geputzten Fensterscheiben lag ihr kleiner, herrlich duftender Vorgarten, bewacht von einem Zaun, so unschuldig weiß wie die weißesten Spitzen.

Die schlichten, zierlichen, fast antiken Möbel drinnen standen noch am gewohnten Platz und glänzten wie die Gesichter einer Konfirmandenklasse. Selbst das Zifferblatt der Uhr war klarer und ehrlicher, schon die Luft als solche schien reiner, und die Bezüge und Vorhänge wirkten weicher und frischer als in Zimmern sonst.

Was für eine Katastrophe du mit deinen großen klobigen Schuhen und deiner stinkenden Pfeife angerichtet hättest, mein Freund, wenn es dir irgendwie gelungen wäre, in diesen süßen Frieden vorzudringen! Aber bis zu diesem Augenblick hatte noch keine ungehörige Störung stattgefunden. Warum schien all diese fleckenlose Tugend Rosemarys Blick fast vorwurfsvoll zu erwidern, als hätte sie dem Feind die Tür geöffnet?

Welche Tür? Welchem Feind? Sie erkannte plötzlich, daß es das Telefon war, dieser Doppelagent. Bisher hatte es auf dem Kaffeetisch gestanden, unschuldig wie eine Meeresmuschel, aus der nur der normale Klatsch der vier Dörfer rauschte. Jetzt sah es ganz so aus wie eine jener niederträchtigen orientalischen Flaschen, aus der jeden Moment eine Stimme dringen konnte, ein böses Wesen, ein brauner und wulstiger, dicker und muskulöser Dämon, der imstande war, die wildesten Phantasien zu befriedigen, und sich – wer weiß? –, einmal freigelassen, nicht mehr bewegen ließ, in die Flasche zurückzukehren. Aber Rosemary ließ jäh von diesen Gedanken ab, da sie ihr nutzlos zu sein schienen.

Entrüstet, als nutzlos qualifiziert zu werden, schrillte

das Telefon in eben diesem Augenblick wie ein Wecker los. Rosemary brauchte nicht zu fragen, für wen diese Glocke läutete; sie läutete für sie. Sie trat sofort in Aktion, zog das Rollo herunter und ging dann etwas langsamer zum lärmenden Telefon. Sie nahm den Hörer, als wöge er eine Tonne, und ließ sich erschöpft, sprachlos und beinahe leblos auf das Sofa sinken.

Jemand am anderen Ende der Leitung schien eine Mund-zu-Mund-Beatmung anzubieten. Der Gedanke war wie jede gute Medizin unappetitlich, aber wirksam. Nach einem Augenblick konnte Rosemary «Ja?» sagen. Es war wie ein mittlerer Monolog, vielleicht aus einer griechischen Tragödie.

Eine tiefe Stimme. so ungewöhnlich voll und verführerisch wie ein Becher Eiskrem mit heißer Himbeersoße, der eine kleine Sünde wert ist, fragte: «Habe ich das Vergnügen, mit Miss Rosemary Underwood zu sprechen?»

«Ja, am Apparat. Was kann ich für Sie tun? Das heißt, wer spricht dort bitte?»

«Jemand, der Sie anbetet.»

«Das kann ich kaum glauben.»

«Sie anbetet. Auf den Knien. In der Bücherei. Der in der ersten Reihe genau vor ihrem Platz kniet. Und etwas in der Encyclopaedia Britannica nachschlägt. Und genau unter Ihren Rock guckt, Miss Underwood.»

Instinktiv, aber allzu rückwirkend preßte Rosemary ihre Knie zusammen. Dort, wo das Zentrum ihres Seins lag, obgleich sie es nie als solches betrachtet hatte, empfand sie so etwas wie die sensible Seeanemone beim unverschämten Eindringen eines Stocks.

«Darf ich in Anbetracht dessen», sagte die weiche Cellostimme, die ihre böse Musik aus der Muschel fließen ließ, «in Anbetracht dieses wunderschönen Anblicks Rosemary zu Ihnen sagen?»

«Wenn Sie unbedingt wollen.»

«Rosemary, ich habe gesagt, daß ich Sie anbete. Manche Leute denken, jemand, der anonym anruft, sei nichts anderes als ein schmutziger, verdorbener Perverser. Ich hoffe, Sie denken das nicht von mir, Rosemary.»

«Vielleicht handeln Sie ein bißchen zwanghaft.»

«Liebe ist ein starker Zwang, mein Schatz.»

«Ich wette, das sagen Sie zu allen», sagte Rosemary, einen Satz benutzend, den sie an irgendeiner Straßenecke aufgeschnappt hatte. Sie fand das Spiel bis jetzt nicht allzu schwer.

«Aber nur zur Übung», erwiderte der Mann. «Ich habe nicht gewagt, Sie anzurufen, ohne ein- oder zweimal zu proben. Bei Ihnen bin ich nämlich schüchtern und ängstlich. Nicht weil es mir an echter Männlichkeit fehlt. Es fehlt mir keineswegs an echter Männlichkeit, Rosemary, und ich hoffe, Sie werden mir erlauben, es zu beweisen.»

Damit forderte der verworfene Wicht, der in dem eigentümlich dreisten und zugleich verschlagenen, zögernden und zugleich drängenden Ton des abgefeimten Lüstlings sprach, Rosemary zum Hantieren an ihrem Reißverschluß auf. Eins führt zum anderen; als nächstes nahm er sie unmerklich bei der Hand und leitete sie in eine Höhle, die nicht so groß war wie die von Kentucky und nicht so ausgemalt wie die von Lascaux, aber doch gewisse markante Stellen hatte. Aber nichts kann bei einer solchen Führung ermüdender sein als das Plappern des Führers. Er pries seine Stalaktiten und Stalagmiten, als ob dieser das achte und diese das neunte und zehnte Weltwunder wären. Nach einer gewissen widerstrebenden Neugier und sogar schwachen Anflügen von Ehrfurcht wurde Rosemary ärgerlich, weil sie spürte, daß ihr die ganze Pracht gewissermaßen eingetrichtert wurde. «Unerhört!» rief sie, von heftigem Abscheu ergriffen. «Sie schmutziger, widerlicher Unhold ...!» Aber dann fiel ihr die Gemeinde ein, und sie verstummte.

Am anderen Ende war Schweigen, aber ein Schweigen, das irgendwie kein antwortendes Schweigen war.

«Sind Sie noch da?» fragte Rosemary schwach.

Anhaltendes Schweigen. Eine leere Telefonzelle, deren Tür auf eine tote Stadt geöffnet ist. Dahinter unendlicher freier Raum. Absoluter Fehlschlag.

Und dann, wie die erste leise Note der Wiederholung eines Motivs, das für immer verklungen zu sein schien, meldete der Anrufer sich wieder, aber mit einer dünnen, schmollenden und recht hohen Stimme, als wäre er von einem Hai angefallen worden: «Jetzt haben Sie meine Gefühle verletzt. Ich denke, ich lege besser auf.»

«Oh, bitte nicht», rief Rosemary. «Ich habe es nicht so gemeint.»

«Sie möchten, daß ich Ihnen verzeihe?»

«Oh, bitte.»

«Wollen Sie beweisen, daß es Ihnen ernst ist?»

«Wenn ich kann.»

«Ich werde Sie aber ein bißchen bestrafen müssen.»

«Bestrafen?»

«Ich fürchte, ja, Rosemary. Eine kleine Tracht von Papa.»

Ob man es glaubt oder nicht, aber diese einfachen Worte verursachten irgendwo tief in Rosemarys Psyche einen Aufruhr, wie man ihn nur mit der Wirkung eines

Außenborders vergleichen kann, der mit Höchstgeschwindigkeit in einem Schwimmbecken voller Nudisten kreist.

Die Wahrheit war, daß ihr Vater, den sie als Kind absolut vergöttert hatte, in seinen Erziehungsmethoden ein bißchen altmodisch gewesen war.

«Oh!» sagte Rosemary.

«Ich möchte, daß Sie genau das tun, was ich Ihnen sage, ohne zu mogeln. Beim ersten Zeichen, daß sie irgendwelche faulen Tricks vorhaben, lege ich auf und lasse nie wieder von mir hören. Sitzen Sie zufällig auf dem Sofa?»

«Ja ... tue ich», sagte Rosemary.

«Ich möchte, daß Sie sich in der Mitte des Sofas hinknien und den Kopf auf das Kissen am Ende betten. Stellen Sie das Telefon dicht neben sich, damit ich am Ton ihrer Stimme erkennen kann, ob Sie tun, was ich sage, und fühlen, was Sie fühlen sollen. Wenn nicht ...»

«Ich knie. Genauso, wie Sie gesagt haben», flüsterte Rosemary aufgeregt.

«Sehr gut. Und jetzt, mein unartiger Liebling, muß ich Sie bitten ...» Und was denken Sie, was der elende Wicht unserer armen Rosemary zu tun befahl? Er forderte, daß sie dieses Kleidungsstück hob und jenes ablegte, und das hier herunterzog, bis sie den Po in die Luft reckte wie ein verängstigter Strauß. «Gott sei Dank, daß ich vorhin das Rollo herunterziehen mußte!» dachte Rosemary.

Als nächstes wurde sie aufgefordert, ein paar klatschende, gleichmäßige verteilte Schläge einzustecken und ihren Empfang zu bestätigen. Das gewissenhafte Opferlamm bedachte, daß es das um der Gemeinde willen so ausdrucksvoll wie möglich tun sollte, und antwortete mit einem Zittern und Beben, die eines Flagellanten würdig gewesen wären.

Das wiederum war beiden Seiten ein Stimulans. Wer nicht selber ebenso verworfen und pervers ist wie dieser enthemmte Lüstling, kann sich kaum vorstellen, welche unzüchtigen Stellungen er seine bedauernswerte Märtyrerin einnehmen ließ und welche Salve von warnenden Klapsen und brennenden Küssen er ihr verabreichte. Dann führte er mit einem kräftigen, gut gezielten Zwicken eine neue Sitte ein und bedachte sie mit reumütigem Streicheln und zärtlichen Liebkosungen, alles begleitet von gurrenden Tönen von so süßer Fürsorge, daß Rosemary sich dabei ertappte, wie sie zur Antwort selber ein paarmal gurrte. Das war das Verderben der unglücklichen Lady.

Der ferne Aggressor erkannte schnell die rückhaltlose Offenheit dieser Reaktion und entflammte so sehr, daß er Regionen, die bisher noch von niemandem betreten worden waren, mit ganzen Schwärmen von Küssen bedachte, und dann entsandte er seinen kräftigen Statthalter, um für Ruhe und Ordnung zu sorgen.

Ich weiß nicht, ob Sie jemals einen riesigen Tank mit dem hochexplosiven Flüssigsprengstoff Nitroglycerin in jenen kritischen Momenten beobachtet haben, wenn er zum Leben erwacht und vor geheimnisvoller Erregung bebt, während er sich langsam dem Höhepunkt einer Explosion nähert, die links und rechts ganze Häuserblocks hinwegfegen wird. Aber plötzlich wurde Rosemary erschreckt und aufgehalten von einem jähen Schrei am anderen Ende der Leitung, dem ein Stakkatohecheln wie von einem Rudel junger Hunde folgte, das sie zur Abwechslung an den Zugriff der Polizeibeamten erinnerte. Jetzt lauschte sie starr vor Entsetzen den röchelnden und würgenden Atemzügen, als ob die Polizei ihn am Kragen hatte und hin und her schüttelte, damit er sich ergab. Und dann wurde das Telefon, das Instrument, das vor umwerfender Lebenskraft so elektrisch gebebt hatte, plötzlich still.

Nichts kann schrecklicher sein, als ein solches Instrument in der Hand zu haben und auf einmal feststellen zu müssen, daß es still ist. «Wir sind unterbrochen worden», rief Rosemary. «Sie haben ihn geschnappt, wie sie es nennen. Und ich habe die Schuld. Ich habe es um der Gemeinde willen getan.»

Dieser letzte Gedanke war jedoch nicht dazu angetan, ihr Unbehagen zu lindern. Es wurde so heftig, daß sie aufstand und nervös hin und her lief. Ihr schönes ordentliches Wohnzimmer staunte über den Anblick einer Dame, die nervös hin und her lief. Die Uhr mit dem klaren, ehrlichen Gesicht hob einen Zeiger, wie um ihr zu sagen, es sei an der Zeit, sich zivilisierter zu benehmen. (Geiziges kleines Biest von Uhr, Sparschwein der Minuten!)

Rosemary bemerkte die Uhr, las die Botschaft aber auf ihre Weise. «Jetzt werfen sie ihn ins Loch», dachte sie. «Hoffentlich mißhandeln sie ihn nicht. Sie könnten vergessen, daß er ein besessener Zwangstäter ist. und ihn als schmutzigen, verdorbenen Perversen betrachten, und dann werden sie ihn zusammenschlagen.» Damit schoß sie zum Telefon und wählte mit bebenden Fingern die Nummer des Polizeireviers Stratton.

«Ist dort die Polizei? Hier Miss Underwood aus Rosebay, Sie haben mich vorhin angerufen. Ich habe gehört, daß Ihre Männer die Verhaftung vorgenommen haben. Ich hoffe, daß niemand verletzt worden ist. Ich rufe nur an, um zu sagen, daß ich keine Anzeige erstatten werde.»

«Moment, Moment. Miss Underwood, sagten Sie?»

«Ja. Und dann möchte ich noch sagen, daß ich überzeugt bin, dieser Mann hat ein emotionales Problem. Er braucht Hilfe! Er muß in Behandlung. Er braucht einen Menschen, mit dem er reden kann. Vor allem sollte er auf keinen Fall zusammengeschlagen werden.»

«Oh, Moment, Miss – bitte! Bitte noch einmal der Reihe nach, wenn es Ihnen nichts ausmacht. Von welcher Verhaftung reden Sie?»

«Na ja, der Mann, der die Anrufe macht. Der Mann, dessentwegen Sie mich vorhin angerufen haben. Spreche ich denn nicht mit Lieutenant Mackintosh?»

«Hier gibt es keinen Mackintosh, Miss.»

«Keinen Mackintosh? Aber es *muß* einen geben. Er hat mich angerufen. Mit Instruktionen.»

«Wir haben keinen Mackintosh, Miss. Nie einen gehabt.»

«Wer hat dann angerufen, wenn nicht Lieutenant Mackintosh?»

«Wenn er gesagt hat, er sei hier tätig, war es jemand, der Sie auf den Arm nehmen wollte, Miss.»

Rosemary legte auf und machte einen oder zwei Augenblicke später den Mund zu, der sich von selbst geöffnet hatte.

Sie lief noch ein paarmal hin und her und versuchte weiterhin, etwas Ordnung in ihre Gedanken zu bringen. Ihr Blick fiel wieder aufs Telefon. Es schien wie ein schuldbewußter Hund unter ihrem strengen Blick zu kauern. «Es ist ja nur ein unschuldiges Werkzeug», sagte Rosemary. «Es erwacht nur zum Leben, wenn man abnimmt und es benutzt, um ...» Aber sie wählte bereits Idell 263. Es war die Nummer vom Cottage der Fergusons, das sie kürzlich an einen jungen Mann vermietet hatten, der angeblich dorthin gekommen war, um ungestört an seinem Roman zu arbeiten.

Wie ich höre, ist sein Verleger sehr angetan von den Kapiteln, die er ihm zuletzt geschickt hat.

Ein Wort an die Klugen

Richard Whitiker trank seine Milch und nahm seinen soliden alten Regenschirm. Als er in den Spiegel sah, erblickte er ein Gesicht, das zu alltäglich war, um jemals alt, und zu ausgelaugt, um jemals jung auszusehen. Clowns haben solche Gesichter. Sein stark graumeliertes Haar nahm sich aus, als wäre es eine Perücke oder als hätte er es selber geschnitten.

«Das», sagte er, «ist das Gesicht von jemandem, der es im Leben nicht sehr weit gebracht hat. Verdammt, ich habe den Nagel auf den Kopf getroffen! Ich habe absolut recht, denn auch ich habe es nicht sehr weit gebracht. Verstehen Sie, ich habe ein gutes Urteilsvermögen, und doch habe ich bei einigen wichtigen Gelegenheiten den Anschluß verpaßt.»

Das ärgerte ihn. Er konsultierte Ratgeberbücher, die ihm rieten, seine früheren Fehlschläge zu analysieren und den wahren Grund für sie herauszufinden, um es künftig besser zu machen.

Eine gewaltige Aufgabe. Er lief im Zimmer auf und ab; er kratzte sich am Kopf; er nahm seine Ohren in die Hände und setzte sich aufs Bett, um sich besser konzentrieren zu können. Schließlich erkannte er blitzartig den Kern der Sache. Er sprang auf: «Kein Zweifel», rief er. «Ich hätte keinen dieser albernen Fehler machen dürfen. «Ich hätte tausendmal mehr schaffen können. Ich wäre einer der erfolgreichsten Männer aller Zeiten gewesen, wenn ich nur eine sprechende Katze gehabt hätte. Das Tier hätte mir von jener elenden Goldmine abgeraten. Es hätte mir ganz offen gesagt, daß ich nie im Leben mit einem Hotel zurechtkommen würde. Es hätte ‹Paß auf!› oder ‹Sei vorsichtig!› oder etwas Ähnliches gerufen, als ich diesen Colonel Rankin mit nach Haus brachte und meiner Frau vorstellte.»

Es erbitterte ihn, daß Ruhm und Geld an ihm vorbeigegangen waren, nur weil ihm eine Katze und ein paar Worte gefehlt hatten in einer Welt, in der es von beidem nur so wimmelte. Doch mit der stillen Beharrlichkeit aller stoisch dreinblickenden Leute beschloß er, das Unterlassene nachzuholen und das Beste aus den Jahren zu machen, die ihm noch blieben.

Er brauchte nicht lange, um sich eine Katze zu besorgen. Sorgsam wählte er eine, die pfiffig die Lippen kräuselte und mit klugen runden Augen in die Welt blickte.

«Das», sagte er, «ist der erste Schritt, und auf den kommt es an. Ich freue mich schon auf den Tag, an dem diese vielversprechende Katze den Namen eines Rennpferds oder einen großartigen Anlagetip äußert oder mir sagt, wo ich ein reizendes junges Ding finde, das einen unscheinbaren Burschen mittleren Alters wie mich lieben wird.»

Bei diesem Gedanken konnte unser Freund sich kaum lassen vor Freude, in die sich freilich Ungeduld mischte. Er gab seiner Katze von allem das Beste und redete die ganze Zeit mit ihr, wobei er darauf achtete, die Worte deutlich auszusprechen. Er kaufte eigens für sie ein Radio und stellte es an, wenn Börsenberichte gesendet wurden. Das einzige Dumme war, daß die Katze hartnäckig schwieg, was unseren Helden sehr bekümmerte und seine Freunde unendlich amüsierte.

«Das größte Problem habe ich gelöst», sagte er. «Ich werde mich jetzt nicht von einem kleinen unterkriegen lassen. Überlegen wir mal: Alkohol macht betrunken, Fleisch macht stark, Milch macht nachgiebig. Ich trinke sie, und ich bin nachgiebig: Ich spreche aus Erfahrung. Ich muß dieser Katze natürlich Papageien geben, dann wird sie reden wie ein Orakel. Außerdem wird das zähe Fleisch dieser uralten Vögel ihre Kiefer stärken und alle Muskeln ihrer Kehle und ihres Mundes trainieren. Eins paßt zum anderen: Ich gehe morgen früh als erstes zum Vogelmarkt.»

Am nächsten Morgen war er schon früh auf dem Vogelmarkt und kam mit einer schönen Gelbkopfamazone wieder, der er den Hals umdrehte, um sie anschließend zu rupfen und zu einem leckeren Frikassee zu verarbeiten, das seine Katze genüßlich aufleckte.

Am nächsten Tag erfreute er das Tier mit einem höflichen Amazonenpapagei, dann kam ein geschwätziger Panamakakadu, dann ein keifender Gelbhaubenkakadu, an seinem Geburtstag ein prachtvoller Ara und so fort. Alles sehr begabte Vögel, durchaus in der Lage, Pferd und Wagen in vollem Galopp aufzuhalten, Einbrecher abzuschrecken oder junge Männer, die mit Blumensträußen vorbeischauen, in Verlegenheit zu bringen. Doch als sie Mr. Whitiker in die Hände fielen, war es mit all dem vorbei.

Die Katze machte den Mund recht schnell auf, wenn ihr die Vögel serviert wurden, hielt ihn aber sonst, außer für ein gelegentliches Gähnen, fest geschlossen. Inzwischen verschlang die Spezialnahrung große Summen. Unser Freund bekam es bald zu spüren.

Er versagte sich alles. Er wurde sehr mager, seine Jacke scheuerte an den Ellbogen durch, seine Schuhe faßten bei jedem Schritt Wasser, sein Dach leckte an einem Dutzend verschiedener Stellen, und alles verkam. Die kleinen Kinder riefen auf der Straße hinter ihm her, wenn er voll Angst, seine Katze könne in eben diesem Augenblick ein paar Worte hervorbringen und er würde sie nicht hören, vom Vogelmarkt nach Hause hastete.

Endlich kam der Tag, an dem seine Mittel restlos erschöpft waren und er dem Tier nur noch einen Edelsittich vorsetzen konnte, während er sich selbst an seiner Verzweiflung sättigte. Sei es aus Staunen über die magere Portion, sei es, daß seine Ohren ihn trogen, aber er hätte schwören können, daß die Katze an eben diesem Tag einen leisen, ziemlich unmelodischen Pfiff von sich gab.

Sofort lebten seine Hoffnungen wieder auf, und er sah rosig in die Zukunft. «Hurra!» rief er. «Es fängt endlich an zu wirken. Ich werde reich sein! Ich werde die Umarmungen dieses herrlichen Geschöpfs genießen, zweiundzwanzig oder dreiundzwanzig Jahre und Oberweite neunzig! Ich frage mich, ob die Katze mir nicht auch ein oder zwei Ratschläge fürs Essen geben wird. Ich habe in der Beziehung schließlich eine Menge für sie getan.»

Man muß das Eisen schmieden, solange es glüht. Am nächsten Morgen ging unser Held los und versetzte Sachen und borgte sich Geld, bis er genug zusammen hatte, um einen herrlichen Afrikanischen Graupapagei, den Stolz des ganzen Vogelmarkts, zu kaufen. Und er eilte nach Haus und gab ihn seiner Katze roh, noch lebenswarm, zu essen. Auf diese

Weise wollte er gewährleisten, daß nichts von seinen Gaben verlorenging.

Die Katze verschlang ihn gierig, zwinkerte ein wenig, wischte sich mit der Pfote die Lippen ab und hob den Blick wie aus Verwunderung und Dankbarkeit zum Himmel. Dann richtete sie ihn voll auf Richard Whitiker und sagte laut und vernehmlich: «Paß auf!»

Der gute Mann schlug verzückt die Hände zusammen. «Sie kann sprechen!» rief er. «Sie kann reden! Und mit welch angenehmem Timbre! Bald wird sie den Namen eines Rennpferds sagen, das alle anderen schlägt, oder eine Aktie, die raketengleich in die Höhe geht. Sie wird sagen, daß ich in eine bestimmte Stadt fahren und in einem bestimmten Hotel absteigen soll, und dort werde ich das hinreißende, zweiundzwanzigjährige Geschöpf mit Oberweite neunzig treffen. Was für ein Augenblick das sein wird, wenn ich sie zum erstenmal ...»

In diesem Moment jedoch stürzte seine vernachlässigte Zimmerdecke krachend ein, und unser armer Freund lag leblos unter den Trümmern.

«Zum Teufel», sagte die Katze und trat vorsichtig über den Dahingestreckten hinweg. «Was zum Teufel nützt es, wenn man sich ruiniert, um eine Katze mit Papageien zu füttern, damit sie redet, und dann nicht darauf hört, was sie sagt?»

Die Katze kam anschließend zu einer gewissen Mrs. Straker, wo sie eine ganze Menge sah und hörte, aber sie dachte, je weniger ich sage, um so besser ist es für alle Beteiligten.

Das Scharfschießen

Der reiche Max Klinger hatte das ganze kleine Tal gekauft, den Wald auf dem Kamm des Hügels, die Weiden und Äcker darunter. Auf dem Hang gegenüber lag eine Reihe kleiner Felder; auf einem davon rumpelte ein Bursche langsam mit einem Traktor hinauf und hinunter, um selbst die letzte Stoppel unterzueggen. Auch diese Felder gehörten jetzt Max Klinger.

Man kann sich kaum eine schönere Gegend vorstellen. Sie entsprach uneingeschränkt den Anforderungen ihres neuen Eigentümers: Alles, was ihm gehörte, sollte makellos sein.

Das Wetter war ebenso besorgt, ihm zu gefallen. Es war einer jener goldenen, späten Novembertage, an denen noch die Wärme, der Friede und der Duft des Sommers in der Luft zu hängen schienen.

«Ein herrlicher Tag!» rief Ken Faraday, der Wochenendgast, aus. «Ein herrliches Plätzchen! Ein herrlicher Himmel! Herrliche Farben! Und wie herrlich ist es zu leben.»

«Ich kann Ihnen gar nicht sagen, wie sehr es mich freut, das aus Ihrem Mund zu hören», antwortete Max Klinger.

Sie spazierten am unteren Rand des Waldes zu einem Gesträuch, wo ihnen die Hunde vielleicht einen oder zwei Fasanen vor die Flinte treiben könnten. Die Hunde, die schon sehr aufgeregt waren, suchten den Boden vor ihnen ab. Streng genommen wagten sie sich etwas weiter vor, als sie sollten. Max Klinger, der von Natur aus streng war, ließ einen kurzen Pfiff ertönen, der sofort befolgt wurde. «Sie parieren wirklich aufs Wort», sagte Ken, als die Hunde zurückblieben.

«Jedenfalls Captain», sagte sein Gastgeber. «Ich nehme an, es gibt im ganzen Land keinen Hund, der besser abgerichtet ist. Der jüngere braucht noch ein paar Lektionen.» Er sprach, als wolle er den Klang seiner Worte auskosten. Der jüngere Hund riskierte einen Blick auf seinen Herrn; vermutlich hatte er nicht das gleiche musikalische Ohr.

«Sie sagten, wie herrlich es sei zu leben», meinte der reiche Max Klinger. «Nehmen Sie sich jemals die Zeit, innezuhalten und nachzudenken und sich darüber klarzuwerden?»

«Nun, ja, ich glaube, dann und wann schon», sagte Ken.

«Wenn man einmal um Haaresbreite davongekommen ist, wird man sich über manches klar», sagte Klinger. «Wenn man zum Beispiel Auto fährt und etwas Verrücktes riskiert. Man schafft es um einen Sekundenbruchteil, ehe es zu spät gewesen wäre, und wenn man daran zurückdenkt, überläuft es einen heiß und kalt. Man hätte beinahe sein ganzes Leben weggeworfen. Alle Freuden dieser Welt. Stellen Sie sich das vor!»

«Das wäre furchtbar.»

«Die ganze Zukunft wegwerfen! Eine große, in Ihrem Alter. Ein riesiger, offen vor Ihnen liegender unerforschter Kontinent. Bedenken Sie, was er alles für Sie bereithalten könnte.»

«Hoffentlich Tage wie diese.»

«Ja, auch die kleinen Dinge. Sport. Freundschaft. Auch ein gutes Essen, gute Gesellschaft, einen guten Film. Sie sind für alles sehr empfänglich. Für Sie ist jeder Tag ein Fest. Das merkt man sofort. Jeder mag das an Ihnen. Eileen hat ziemlich oft darüber gesprochen. Sie lieben das Leben.»

«Nun ja, das tue ich. Zweifellos», sagte Ken.

«Und die größeren Dinge. Liebe. Sex. Affären. Selbst wenn es nur ein kurzer und heftiger Rausch ist. Aber die Erregung! Das Neue! Das unglaubliche Glück! Das heimliche Stelldichein! Das Warten! Die Vorfreude! Und dann ist es endlich soweit! Das Erbeben! Das Schuldgefühl! Köstliche Empfindungen. Und der Triumph! Vorbei ... Na ja, lassen wir das. Sie wissen schon, was ich meine.»

«Ich nehme an, ja», sagte Ken.

«Ich nehme an, Sie wissen es», sagte Max Klinger. «Da wären wir.»

Er blieb vor zwei riesigen Schierlingsfichten stehen, die am Waldrand aufragten. «Wenn es einen anständigen Schuß gibt, dann hier. Ich werde die Hunde an der Seite hochschicken. Sie werden oben hineinlaufen und sich zurückarbeiten. Der jüngere wird Captain folgen. Stellen Sie sich am besten vor den zweiten Baum, aber nicht zu weit weg. Und denken Sie an die Freuden des Lebens, während wir warten.»

Ken ging ein halbes Dutzend Schritte zu der angegebenen Stelle. Klinger schickte die Hunde an die Arbeit und baute sich vor der ersten Fichte auf. Beide Männer standen ruhig und wachsam da und warteten auf ein Geräusch oder eine Bewegung im Wald.

Kurz danach knackte es im Unterholz, und der jüngere Hund winselte und kläffte. Und unmittelbar danach hörten sie das zornige Gackern eines fliehenden Fasanenhahns. Und dann, nach wenigen gespannten Augenblicken, das Geräusch des Losflatterns, und er kam aus den Bäumen gesaust. Ein hoher schneller Schuß, genau über Max Klinger, der seine Flinte auch hochriß und offenbar ganz korrekt ein wenig vorhielt. Aber aus irgendeinem Grund zog er nicht ab. Vielleicht dachte er, der Knall eines Schusses könne die Vögel vertreiben, die vielleicht auf dem Weg nach unten waren. Angenommen natürlich, da waren welche.

Und tatsächlich waren welche da. Zwei kamen fast gleichzeitig heraus: Der eine hastete und flatterte zur anderen Seite Ken Faradays, der kurz zielte und danebenschoß. Der andere kam genau zwischen den beiden Fichten heraus; Ken fuhr herum, um ihn zu erwischen, und holte ihn sauber herunter.

«Gut gemacht!» sagte Max Klinger. Manche Leute könnten jedoch sagen, das sei mein Vogel gewesen.»

«Oh, zum Teufel ... Es tut mir leid!» rief Ken äußerst verlegen. «Ich glaube, ich war zu hitzig – ich hab mich zu schnell herumgedreht.»

«Keine Sorge», sagte sein Gastgeber. «Den nächsten nehme ich. Das verspreche ich Ihnen. Aber warten Sie! Moment!»

«Was ist denn?» fragte Ken. Er hatte den Doppellauf seiner Flinte abgeknickt und langte in die Tasche nach neuen Patronen.

«Laden Sie die Flinte nicht nach», sagte Klinger. Während er sprach, trat er einige Schritte auf Ken zu.

«Aber warum um Himmels willen nicht?» fragte Ken, ein bißchen überrascht wegen des kalten Befehlstons.

«Weil ich Ihnen eine Ladung in Ihren verdammten Schädel feuern werde, wenn Sie die kleinste Bewegung machen», sagte Max Klinger.

«Das soll wohl ein Witz sein.»

«Sie werden bald merken, daß es keiner ist.» Der Ausdruck in Max Klingers Gesicht war so verkniffen und unangenehm, daß er uneingeschränkt überzeugte.

Nach seinen Worten trat er einen weiteren Schritt vor, so daß er nur noch rund drei Meter entfernt war. Ken wußte, daß eine Ladung Nr. 5 aus dieser Entfernung beinahe in einem Stück trifft, wie eine große Faust. Er konnte es fühlen. Er würde nicht versuchen, vor Max Klinger davonzulaufen.

«Und wenn ich es nicht tue?»

«Selbst dann werde ich Ihnen eine Ladung in Ihren verdammten Schädel feuern. Aus Versehen natürlich, da können Sie sicher sein. Aber sehr bald.»

«Würden Sie mir einen Moment zuhören?» fragte Ken und schämte sich über seine Stimme, die nur wie ein Krächzen herauskommen wollte.

«Zuhören? Vielleicht. Aber nicht lange.»

«Sehen Sie. Ich habe nichts in der Hand.» Und Ken hob seine weit geöffnete Hand hoch und legte sie auf den offenen Verschluß seiner Flinte, deren Kolben er mit der anderen Hand an die Brust gedrückt hielt. Vielleicht war es eine instinktive Schutzgeste, aber sie war natürlich sinnlos. «Vielleicht irren Sie sich», sagte er. «Sie könnten sich in Gott weiß welche Schwierigkeiten bringen. Ich bitte nur um eines: Denken Sie eine Minute darüber nach. Denken Sie nach!»

«Vielen Dank – ich habe nachgedacht», sagte Max Klinger. «Unter allen Gesichtspunkten. Einschließlich der Sicherheit. *Meiner* Sicherheit. Nicht Ihrer.»

«Ich glaube eher, ich bin derjenige, der nachdenken sollte», sagte Ken zu sich selbst. «Aber verdammt, mir fällt nichts ein. Irgend etwas, um Zeit zu gewinnen! Irgend etwas, was ihm angst machen könnte.»

Max Klinger begann, noch gefährlicher dreinzublikken. Ein bitteres, stolzes Lächeln verzog seinen Mund. Sein kleines, reichlich ausgeprägtes Gesicht war dunkelrot. Das Blut war ihm in die Wangen geschossen – oder die Befriedigung? Er hob ein wenig den Kopf, so daß er Ken nun buchstäblich von oben herab ansah. Wenn er ihn wirklich ermorden wollte, würde es ihm diese Pose verächtlicher Überlegenheit leichter machen. Wie wenn er einen Wurm zertreten wollte. «Ich schwöre bei Gott, daß Sie irgend etwas furchtbar falsch aufgefaßt haben.»

«Jetzt kommen die elenden, feigen Lügen. Ich werde Ihnen die Demütigung ersparen. Ich werde mir den Ekel ersparen. Ich will es Ihnen sagen. Ich habe euch gesehen.»

«Was haben Sie gesehen? Wann?»

«Euch beide.»

«Oh!»

«Eine vollständige Beichte in einer einzigen herausgerutschten Silbe! Sie sind diesem Spiel nicht ganz gewachsen, nicht wahr? Und Sie, Sie arroganter, eingebildeter junger Laffe haben gedacht, Sie könnten mich an der Nase herumführen! Sie schwachköpfiger verliebter Narr haben Ihr schmutziges Geheimnis, Ihr gefährliches schmutziges Geheimnis mit einer blödsinnigen Frau geteilt. Soll ich Ihnen sagen, wie sie Sie verraten hat?»

«Ich weiß nur, daß Sie es fertiggebracht haben, ihr eine Todesangst vor Ihnen einzujagen.»

«Und noch mehr Ihnen. Ich habe bemerkt, wie Ihre Hände zucken und zittern. Sie sehen – ich kann beobachten. Kleinigkeiten. Zum Beispiel bei Eileen, eine ganze Kleinigkeit. Kurz bevor Sie ankamen, plapperte sie eine Menge dummes Zeug. Unter anderem, wie sehr Sie das Leben genießen. Ich mußte gerade über wichtigere Dinge nachdenken; ich hielt es für nötig, um ein bißchen Ruhe und Frieden zu bitten. Sie schien jedoch nicht fähig, sich zusammenzunehmen, so daß ich ziemlich streng werden mußte. Zu meiner großen Überraschung lächelte sie. Ich bemerkte die eigenartige Art ihres Lächelns. Ich prägte es mir ein. Ich analysierte es: ein bißchen hinterhältig, ein bißchen trotzig. Ein kleiner schäbiger Triumph über irgendeine schäbige Geheimwaffe. Ein Hauch von Schuld. ‹Schuldig weswegen?› fragte ich mich. ‹Und mit wem?›»

«Solche Art Fragen können verdammt gefährlich sein.»

«Das werden Sie bald merken. Als ich Sie vom Bahnhof abgeholt hatte, ließ ich zufällig meine Pfeife im Porsche liegen und mußte noch einmal nach draußen gehen, um sie zu holen.»

«Ja. Sie sagten, Sie gingen zur Garage.»

«Ich habe nicht gesagt, daß ich durch den Garten zurückkomme, wo die Wohnzimmerfenster sind. Aber genau das tat ich. Ich hatte einen Spalt zwischen den Vorhängen frei gelassen, als ich sie zuzog. Sie haben den Spalt nicht bemerkt. Durch ihn sah ich das, was ich nach Eileens eigentümlichem Lächeln mit Sicherheit erwartet hatte.»

«Lassen Sie mich überlegen. Ich habe ihr einen Kuß gegeben. Na und? Um alles in der Welt: na und? Heutzutage küßt doch jeder jeden. Es hat nichts zu bedeuten.

Und Sie machen wer weiß was daraus! Ich habe Ihnen doch gesagt, Sie haben irgend etwas furchtbar falsch aufgefaßt.»

«Furchtbar richtig – muß ich leider sagen. Das furchtbare Tätscheln, Tasten, Massieren – nennen Sie es, wie Sie wollen – am Hinterteil dieser erbärmlichen Person. Nennen Sie es meinetwegen Liebkosen. Streicheln. Sie schien es jedenfalls zu mögen.»

«Hören Sie. Es war allein meine Schuld. Ich habe plötzlich den Kopf verloren und mich danebenbenommen. Sie war böse auf mich.»

«Ich sagte, sie hat es gemocht. Widersprechen Sie mir nicht. Sie hat es mit allen Anzeichen der Befriedigung akzeptiert. Ohne das geringste Anzeichen, daß sie sich im klaren war, wie schamlos ihr euch benahmt – mir gegenüber. Daß das, was ihr tatet, eine einzige Beleidigung war – für mich. Ich werde es bestrafen. Ich werde dafür sorgen, daß sie sich darüber im klaren sein wird. Wie Sie auch gleich.»

«Sie meinen doch nicht, daß Sie mit Eileen das gleiche machen wollen?»

«Nicht noch ein Jagdunfall. Ein solcher Narr bin ich nicht. Eileens Strafe wird mit Ihrem unglücklichen Ende beginnen. Sie wird leiden, wie sie es für das Verbrechen verdient hat. Sie ist schwach, sie ist sentimental; sie wird Sie schmerzlich vermissen. Aber der Tag wird kommen, an dem sie nicht mehr an Sie denken wird. Ich werde den Tag erkennen. Sie wird wieder trällern und strahlen, weil Ihr Nachfolger auf den Plan getreten ist. Sie sollten mir dankbar sein; ich werde ihr nicht erlauben, Ihr Gedenken zu beleidigen, wie sie mich beleidigt hat.»

«Sie werden ein Mittel finden, Sie zu ermorden? Sie

haben den verdammten Nerv, es mir auch noch zu sagen?»

«Aber, aber, Sie werden es doch nicht weitersagen. Ich werde schon dafür sorgen.»

«Und haben Sie auch dafür gesorgt, daß Sie mit dem hier davonkommen?»

«Nicht weit hinter Ihnen kommt ein Vogel aus dem Unterholz. Ich reiße, gewissermaßen gespannt wie ein Flitzbogen, die Flinte herum. Und ziehe gleichzeitig ab, wie ich es gleich frohen Herzens tun werde. Und dann: ‹O mein Gott, ich habe meinen Freund erschossen!› Wenn der Bursche auf dem Traktor zufällig gerade hersehen sollte und angelaufen kommt, um zu helfen, kann er bei der amtlichen Leichenschau – Ihrer Leichenschau – nur meine Version bestätigen.»

«Andere werden Fragen stellen.»

«Eileen nicht. Sie wird es wissen. Ich werde mit ihr trauern und sagen, was für ein feiner Kerl Sie waren. Welch wahrer Freund. Und wie sehr Sie das Leben liebten; wie sehr Sie sich über alle möglichen kleinen Dinge freuen konnten. Frauenpopos zum Beispiel? Aber das wäre nicht sehr feinfühlig. Nur, was für ein guter Freund Sie waren. So rechtschaffen, so vertrauenswürdig. Und wenn sie dann aufblickt, mit tränenfeuchten Augen, wie Sie sich vielleicht vorstellen können, werde ich ihr ein kleines Lächeln schenken, das Sie sich vielleicht auch vorstellen können – wie das, das sie mir geschenkt hat. O ja, sie wird es wissen! Sie wird es wissen! Und sie wird damit leben müssen.»

«Sie wird fortgehen. Sie *muß* fortgehen.»

«Sie wird nicht. Sie malt sich alle möglichen Dinge – schlimme Dinge – über das Kind aus. Sonst wäre sie bestimmt schon mit Ihnen durchgebrannt. Nein, sie wird bleiben und den Mund halten und ihre Pflicht tun. Trotz eines kleinen Unfalls und eines kleinen Lächelns. Oder vielleicht mehrerer Lächeln.»

«Sie haben es gern, nicht gemocht und verachtet zu werden?»

«Verachtet kaum. Zu gefährlich. Nicht gemocht – ja. Das vergrößert die Strafe: Sie wird bleiben müssen und sich damit abfinden. Was kann sie anderes tun?»

«Vielleicht kann sie die Polizei ...»

«Sie könnte zu ihr laufen. ‹Mein Mann, den ich betrogen habe, hat gelächelt ...› Was sollen sie damit anfangen?»

«Sie könnten zwei und zwei zusammenzählen.»

«Wo sind die anderen zwei?»

«Sie müssen irgendwo Ihren Stempel hinterlassen haben. Nicht nur bei Eileen. Bei anderen Leuten. Den Stempel eines verdammten Egoisten. Den Stempel eines eitlen, sadistischen, vermutlich mörderischen Hurensohns. Den Stempel eines Schweins, dem eben diese Sache ähnlich sieht.»

«Genug der Rederei. Meine Geduld ist erschöpft. Sehen Sie sich noch einmal um. Denken Sie an all die Dinge, die Sie so sehr hätten genießen können – dieses Jahr, nächstes Jahr, all die kommenden Jahre. Betrachten Sie diesen schönen Tag; ein Tag, wie Sie ihn nie wieder erleben werden.»

«Auch diese Nadel werde ich nie wieder sehen», sagte Ken. Er drehte seine Hand um und zeigte eine gewöhnliche Stecknadel, die er in das trockene Gras zu seinen Füßen fallen ließ. «Ich stecke meine Krawatte gern fest, ehe ich ein Gewehr in die Hand nehme», sagte er. «Ich stelle mir vor, es könnte einen Unfall verhüten. Und ich scheine tatsächlich einen verhütet zu haben.»

«Versuchen Sie nicht, mich auf den Arm zu nehmen», sagte Max Klinger in seinem richterlichsten Ton.

«Sie können doch beobachten. Sie haben beobachtet, daß meine Hand zuckte und zitterte. Ich hatte sie am Kolben, und ich hielt damit die Nadel, die ich Ihnen gezeigt habe. Ich habe mit ihr ein paar kleine Striche gekratzt. Zuerst ein M, dann ein K. Dann ein T und ein O und ein E, noch ein T und ein E und ein T, und dann ein M und ein I, ein C und ein H. Ziemlich unsaubere Krakel und ziemlich undeutlich. Vielleicht hat meine Hand gezittert. Aber es ist lesbar. Ich werde es Ihnen gleich zeigen. Aber wenn eine Flinte losgeht und einer von uns umfällt und der Bursche auf dem Traktor angelaufen kommt, würde keiner von uns versuchen, diese Buchstaben zu entfernen. Es würde nämlich gesehen werden, und dann wäre es aus. Also steht es unentschieden. Sie können mich nicht erschießen, und ich kann Sie nicht erschießen. Nicht solange diese Buchstaben da sind.»

«Was schlagen Sie vor?» brachte Max Klinger mit einiger Schwierigkeit hervor.

«Ich bin eigentlich hergekommen, um scharf zu schießen, und das werde ich auch», sagte Ken. «Machen wir einfach weiter wie vorher.» Und wie mechanisch holte er ein paar Patronen aus der Tasche und steckte sie in den Verschluß seiner Flinte.

«Sie lügen», stammelte Max Klinger. «Sie versuchen, mich zu bluffen.»

«Lesen Sie, was hier steht», sagte Ken, klappte die Flinte wieder gerade und drehte sie so um, daß der Kolben zu sehen war: «‹M. K. TOETET MICH.› Aber das werden Sie nicht tun, denke ich. Nicht solange diese Krakel hier stehen.»

«Wo? Wo sind sie denn?» fragte Klinger und beugte sich vor, um zu lesen, kam dann noch etwas näher, aber nicht nahe genug, um überrumpelt zu werden, obgleich die Flinte in seiner Hand irgendwie leblos aussah. «Es ist eine Lüge!» rief er schließlich. «Es ist eine verdammte Lüge. Es ist kein einziger Kratzer darauf!»

«Sie haben es also bemerkt!» sagte Ken. «Kein einziger Kratzer. Analysieren Sie das mal!»

Er beobachtete Max Klingers Gesicht und auch seine Hände, und als keine halbe Sekunde mehr Zeit war, feuerte er. Max Klinger fiel wie vom Blitz oder wenigstens von einer riesigen harten Faust getroffen zu Boden.

Ken beugte sich genauso über ihn, wie es jedermann unter diesen schrecklichen Umständen tun würde. «O mein Gott!» stöhnte er zunächst, und dann rief er es, probeweise, weil der Mann, der bereits den Hang gegenüber hinunterlief, gleich da sein würde: «O mein Gott! Ich habe meinen Freund erschossen!»

Denk nichts Böses

Als Rugby Warren, im Rücken den Glanz der untergehenden Sonne, nach Swann Cove heimfuhr, ärgerte er sich über die Reklameschilder, die hier und dort die schöne Küste von Dorset verschandelten. Die meisten warben für Seife oder Puddingpulver, aber eines kündigte einen neuen schlauchlosen Reifen an und ein anderes einen Allzweckkunststoff. Rugby hatte sich früher einmal mit beiden Dingen beschäftigt, doch ohne kommerziellen Erfolg. «Immerhin», sagte er. «Meine eigenen Sachen haben mir fast zwanzig Jahre lang ein hübsches kleines Einkommen eingebracht.»

Rugby war, wie er gelegentlich erklärte, kein Wissenschaftler. «Nur ein Erfinder», pflegte er zu sagen. «Wir gelten heutzutage nur als einfallsreiche Mechaniker.» Vielleicht ging Rugby allzu leicht über die Unterschiede zwischen heutzutage und damals hinweg. Er hatte zwei glänzende Einfälle gehabt, als er noch in Cambridge gewesen war: für ein verbessertes Kühlsystem von Schiffsmotoren und für eine verbesserte rostresistente Farbe. Nach dem Krieg hatte er an einer Vielzahl unterschiedlicher Projekte gearbeitet, von denen etliche zwanzig Jahre zuvor vielleicht ganz interessant gewesen wären. Nichtsdestoweniger hatte er immer noch ein hübsches kleines Einkommen. Mehr noch, er fuhr ein

Bentley-Cabrio, das keine drei Monate alt war. Ein neues Bentley-Cabrio paßt zwar sehr gut zu einem hübschen Einkommen, aber nicht zu einem kleinen.

Etwa zur selben Zeit näherte Julius Cleghorn sich ebenfalls Swann Cove, aber er kam von London und benutzte die Straße über Land. Julius war ein außerordentlich junger Partner in einem Architektenbüro; er war gerade Partner genug, um freitagnachmittags früh gehen zu können. Das erlaubte ihm, rechtzeitig zum Dinner bei den Warrens zu sein, und den ganzen Frühling hatte er seine Sonnabende und Sonntage bei diesen neuen Freunden verbracht und die meiste Zeit an ihrem Segelboot geschrapt und geschmirgelt, um es für den Sommertörn vorzubereiten.

Man konnte Julius nicht gerade als gutaussehend bezeichnen; denn seine Züge waren recht stumpf. Aber sein Nacken, der dick war, hatte einen warmen braunen Ton bekommen, als er unter der niedrigen März- und Aprilsonne gearbeitet hatte, und war, genau wie seine Arme, die ebenfalls dick waren, mit flachsblondem Flaum bedeckt. Obgleich ansonsten wirklich keine Ähnlichkeit bestand, erinnerte dies manche Leute an die Haut eines Pfirsichs. Außerdem waren seine Wangen und sein Mund irgendwie gerötet und saftig. Alles in allem war er ein sehr appetitlich wirkender junger Mann, und er war versucht, vor Freude zu juchzen, als er über die wogenden Hügel fuhr, bis die kleine Nebenstraße endlich zu den Klippen von Swann Cove hinunterlief.

Das Licht verblaßte nun schnell. Das Meer drängte sich vor seine Windschutzscheibe. Zuerst erschien es wie ein strahlendblauer Berg, dann wie eine indigofarbene Wolke. Auf dem verschwimmenden Vorgebirge schienen kleine goldene Tropfen zu beben, und ehe Julius den Fuß der Hügel erreichte, mußte er die Scheinwerfer einschalten.

Die Zufahrt der Warrens führte dicht am Rand der niedrigen Klippe entlang, von der sie durch eine große Taxushecke getrennt wurde. Vom Wasser strich eine laue Brise durch die Blätter und reicherte ihren würzigen Duft mit dem Geruch von Salz und Seetang an, und als Julius an die rassige schwedische Ketsch dachte, die ihn unten an der Boje erwartete, fühlte er sich einen Augenblick lang wie trunken.

Einen Moment später stand er vor dem Haus. Als er die Stufen hinaufrannte, ging die Tür auf; das Mädchen hatte seine Scheinwerfer auf der Zufahrt gesehen. Es ist immer angenehm, nicht klingeln und warten zu müssen. «Da bin ich, Emily! Wieder mal verspätet, wie Sie sehen!»

Die quadratische Diele, die bei seinem ersten Besuch die steife Würde ihrer jakobinischen Täfelung ausgestrahlt hatte, empfing Julius nun mit der natürlichen Herzlichkeit eines alten Freundes. Sie ging sogar so weit, einen Duft des Beefs zu verbreiten, das zum Dinner gebraten wurde.

«Das Essen ist noch nicht ganz fertig, Sir. Mrs. Warren ist noch oben. Darf ich Ihnen die Tasche abnehmen?»

«Bemühen Sie sich nicht. Ich kenne ja den Weg. Dasselbe Zimmer, nehme ich an?»

Julius marschierte in das Zimmer, das an allen bisherigen Wochenenden seins gewesen war. Er war angenehm überrascht, als er sah, daß Maria Warren gerade eine Schale mit Schlüsselblumen auf den Tisch zwischen den beiden Fenstern stellte. Julius setzte seine Tasche ab, ging hin, nahm seine Gastgeberin in die Arme und drückte sie fest an sich.

Die meisten jungen Frauen lassen sich lieber in den Arm nehmen als auf den Arm. Einige fordern aus mannigfachem Grund freilich nicht zu so überschwenglichen, wenngleich oft ganz unschuldigen Kontakten heraus. Hätte Julius die Fahrt nicht so genossen, hätte er nicht gesehen, wie das Meer sich in ein lebendiges Dunkel auflöste, hätte er nicht die warme, salzige Luft geatmet, die zwischen den würzigen Blättern zu ihm drang, und wäre er nicht von der offenen Tür und dem Lächeln des Mädchens und dem Geruch des Essens und dem Duft der Blumen begrüßt worden, wäre nicht all das zusammengekommen, dann hätte er sich kaum erkühnt, Maria Warren in die Arme zu nehmen und fest an sich zu drükken.

«Julius, Sie Narr, Sie brechen mir ja das Rückgrat!»

Maria war gütig genug, den Anschein zu erwecken, daß sie einen Schritt zurücktreten mußte; sie fand, der Vorhang des Fensters genau hinter ihr müsse zugezogen werden. Noch während sie dies tat, blickte sie sich mit einem freundlichen Lächeln zu Julius um. Sie wollte auf keinen Fall, daß Rugbys ziemlich mittelloser junger Freund das Gefühl hatte, arrogant behandelt zu werden.

«Maria, ich möchte Ihnen um alles in der Welt nicht das Rückgrat brechen, aber es ist so herrlich, wieder hier zu sein. Wo ist der gute Ruggles?»

«Er ist nach Exmouth gefahren, um etwas löten zu lassen, das er im Motor entdeckt hat. Er müßte jeden Augenblick zurück sein. Das Dinner ist gleich fertig. Unten wartet ein Drink auf Sie.»

«Sehr schön! Fein! Großartig! Ich werde in genau zwei Minuten unten sein. Ich hoffe nur, Ruggles läßt das Beef, das ich eben gerochen habe, nicht zu sehr durchbraten.»

Julius' Befürchtung war unbegründet; Rugby war bereits eingetroffen. Da er auf der Küstenstraße gekommen war, war er die hintere Einfahrt hereingefahren, auf den alten Farmhof, wo ein Geräteschuppen zu einer Garage umgebaut worden war. Als er durch den Küchengarten zur Rückseite des Hauses ging, sah er zu den erleuchteten Fenstern des Gästezimmers hoch, und in eben diesem Moment hatte Julius gerade Maria in die Arme genommen und an sich gedrückt. Für Rugby hatte die Umarmung ganz den Anschein einer leidenschaftlichen Geste.

Er sah, wie Maria den Vorhang zuzog, und er sah, wie sie dabei lächelte und sich zu dem jungen Mann umdrehte. Jemand hat einmal gesagt, es sei immer einer hinter der Tür; hinter jenem Vorhang waren zweifellos zwei Menschen und ein Schlafzimmer. Ein Lächeln weist auf Freude hin, ein Vorhang auf Verbergen; beides zusammen bedeutet Schuld. Die einzige Frage, die Rugby noch bewegte, war das große Problem, was nun zu tun sei.

Dem Heißblütigen würden diverse Möglichkeiten offenstehen. Ins Haus rennen. Die Tür aufreißen. Sie dabei erwischen, ganz gleich wobei. Den Elenden niederschlagen. Ihn an den griffigen Revers seiner Jacke hochzerren. Fast das Leben aus ihm rausprügeln. Vielleicht gegen die schreckensbleiche Gattin drohend die Hand erheben, aber nicht unbedingt, um sie zu schlagen. Schließlich alle beide, diese männliche Schlange und die gefallene Eva, mit flammenden Worten und Blicken und wütenden Fußtritten aus dem Paradies, das sie so schändlich entweiht haben, hinausjagen ins Wetter, das gerade herrscht.

Rugby war zweifellos ebenso heißblütig wie andere

auch; er sah all diese Möglichkeiten sehr deutlich vor sich. Aber ihn störten etliche kleine Haken und Ösen. Da waren zum Beispiel die Ohren und Augen der Dienstboten; da war die delikate Frage des Stils. Verprügeln ist wie Geigespielen; wenn man es nicht mit müheloser Leichtigkeit bringen kann, sollte man besser die Finger davon lassen. Aus irgendeinem Grund neigen Liebhaber dazu, jünger und kräftiger zu sein als Ehemänner. Diesen Punkt sollte man nie vergessen, und jetzt erinnerte sich Rubgy an Julius' zehnjährigen Vorteil und an die Dicke seines Nackens und seiner Arme. Gleichzeitig erinnerte er sich, daß körperliche Gewalt unter zivilisierten Leuten als stillos gilt. Er bemerkte auch, daß das Wetter ungewöhnlich warm und lind war für Anfang Mai und sich deshalb nicht für einen Hinauswurf eignete.

Außerdem könnten sie sich weigern, hinausgeworfen zu werden. Es war Marias Haus, das ihr unanständig reicher Vater ihr samt allem beweglichem und unbeweglichem Inventar geschenkt hatte. Rugby wurde klar, daß womöglich er gezwungen sein würde, seine Koffer zu packen und sich würdevoll – oder auch nicht – zurückzuziehen.

Oder zu fliehen oder sich davonzumachen, denn es konnte nichts Würdevolles daran sein. Schuld ist moralisch unendlich schlimmer als das Erleiden einer Kränkung oder eines Unrechts, aber sie schenkt ein besseres Gefühl und macht sogar einen besseren Eindruck. Schließlich entscheiden wir selber, ob wir schuldig werden wollen; kein Mensch entscheidet, daß er gekränkt und ihm Unrecht getan wird. Aus diesem Grund wird Schuld von Dienstboten und Nachbarn weniger belächelt oder zumindest eher neidisch als verächtlich belächelt. Rugby Warren hatte freilich keine Lust, bemitleidet oder verachtet zu werden; er war von Natur aus äußerst stolz.

Sein Stolz war um so wachsamer und empfindlicher, als sein Einkommen aus seinen früheren Erfindungen zwar ganz nett, aber vergleichsweise niedrig war. Es betrug nur ein paar tausend im Jahr, und Marias Vater, der eigentlich nicht mal ein richtiger Gentleman war, hatte für seine Tochter eine steuersparende Stiftung gegründet, die ihr ebenso viele zigtausend einbrachte. Ihr gehörte das Haus; ihr gehörte der Bentley; ihr gehörte juristisch die schöne und geliebte dreizehn Meter lange Ketsch. Es versteht sich, obgleich nie darüber gesprochen wurde, daß Rugby mit seinem kleinen Einkommen gerade seinen Anteil zum Haushaltsgeld beitrug. Es hätte gerade eben für ein klägliches Apartmentdasein in London gereicht. Und Rugby war zwar ein äußerst stolzer Mann, aber so stolz war er nun auch wieder nicht.

Es ist eine bittere und traurige Sache, ein stolzer Mann zu sein, aber so stolz nun auch wieder nicht.

Rugby stand also dort im warmen und dunklen Garten, so regungslos und blöde und komisch erstarrt wie die Vogelscheuche, die sich müde und schief zwischen den Reihen der frisch sprießenden Erbsen neigte.

Maria bastelte sie selbst, diese altmodischen Vogelscheuchen mit Papierdrachen-Gesichtern und Rübenköpfen und Fingern, die sich an den Enden von Besenstielarmen spreizten. Sie weckten Assoziationen an Paul Klee und Kindheitserinnerungen. Maria liebte Kunstformen, mit denen sie Ängste und Freuden der Kindheit wachrufen konnte. Rugby dachte in diesem Augenblick freilich an nichts von alledem; im übrigen dachte er gar nicht, sondern wurde nur von einer Art innerlichem Sturm geschüttelt.

Zuletzt sagte eine sachliche Stimme: «Wenigstens weiß ich es jetzt, und sie wissen nicht, daß ich es weiß.» Die Stimme mußte seine eigene gewesen sein; wir alle haben viele davon, wie die Jungfrau von Orléans. Der kühle Geschäftston dieser inneren Stimme gab Rugby die Illusion, daß er die Lage irgendwo, irgendwie unter Kontrolle hatte; wie wenn jemand weiß, daß sein Bankrott und Ruin in den Händen eines erstklassigen Anwalts liegt. Rugby fand sich in der Lage, seine Lippen zu befeuchten, sich zu bewegen, sogar ins Haus zu gehen.

Er fand Maria und Julius mit einem Drink in der Hand in der Diele. Die undurchdringliche Unschuld ihres Blicks war wie ein glänzender, neuer Allzweckkunststoff. Sie wandten ihm lächelnde Gesichter zu, um ihn zu begrüßen, und dabei sah er sein eigenes Gesicht im Spiegel über dem Kamin. Der Anblick dieses armen betrogenen Gespensts, das bleich, krank, ertrunken wie ein Suizid in dem antiken Glas verschwamm, rührte ihn zu einem solchen Erbarmen, daß er weder lächeln noch sprechen konnte. Und dabei ist es gerade in solchen Augenblicken so unbedingt nötig, zu lächeln und zu lächeln und zu sprechen. «Wie gut sie das schaffen!» dachte er. «Und ich bringe nichts zustande! Sie haben zweifellos eine Menge Übung!»

Während Julius irgend etwas krakeelte und sein eigener Mund sich ausgedörrt und taub öffnete, sagte Maria: «Du kommst spät. Laß dich ansehen. Rugby, ist etwas?»

«Nein, sagte er. «Nichts. Nicht von Bedeutung. Etwas aber schon. Ich habe einen armseligen Hund überfahren.»

«O mein Gott, Ruggles! Ich kann mir vorstellen, wie Sie sich fühlen!»

«Wie schrecklich, Liebling! Hast du das arme Tier getötet?»

«Getötet? Ja, ich mußte es. Danach. Um es von seinem Leiden zu erlösen. Würdest du so freundlich sein, mir einen Drink einzuschenken?»

Dieser Hund, der in einem Sekundenbruchteil erfunden worden war, gesellte sich ziemlich eng zu seinem Schöpfer; er blieb in mancherlei Funktion den ganzen Abend bei ihm. Ruggles konnte ihm befehlen, seine deprimierten Blicke und sein langes Schweigen zu bewachen, und gleichzeitig leistete er ihm Gesellschaft bei seinen schnellen Vorstößen in die neue Welt, in der er auf einmal lebte oder starb. Bei diesen Ausflügen sprang und tollte er wie ein Hund, der lange an der Kette gelegen hat, außer natürlich, daß er sich vor innerer Qual wand und taumelte. In anderen Momenten war der Hund seine Liebe zu Maria, kam unversehens irgendwo herausgesaust, wie aus dem Nichts, und rannte in die Scheinwerfer und unter die Räder. Dann war das Tier er selbst, niedergestreckt von gemeiner, nackter Lust, von einer Lust, so gierig und hektisch, daß sie nicht mal warten konnte, bis der Vorhang zugezogen war. Und jetzt war der Hund die ganze Situation, die Sünde und die Sünder und das Opfer, alles zugleich, und wälzte sich auf der Straße und wimmerte in allen Tonlagen.

«Ruggles tut natürlich nur so, als hörte er nicht.»

Bei Tisch hört man oft ein Lachen, so heftig wie ein Schrei, und fürsorgliche Beteuerungen, so haßerfüllt und unaufrichtig, daß ein Schrei nicht schrecklicher sein kann, und es gibt ein Wissen so durchdringend wie ein Schrei, und bei Gott, es gibt Schreie, die Schreie der Lust sind, und am Ende kann man nichts anderes tun, als einen Stock oder einen Schraubenschlüssel zu suchen und draufloszuschlagen und auf den Schmerz und die Lust und das Wälzen und Zappeln und all die Schreie in ihrem Elend so lange einzuschlagen, bis Ruhe und Friede herrschen, und wieder ein Junggeselle sein. An diesem Punkt begann Rugby sich einer gefährlichen Phantasie hinzugeben, und er wurde noch wortkarger als vorher.

Die anderen gingen ziemlich früh gähnend zu Bett. Rugby saß allein da und dachte jene altmodischen Gedanken, die wie ältere Verwandte angetrottet kommen, wenn man an den Tod denkt. Er dachte an Lust und Schlechtigkeit und Strafe; er dachte an Heuchelei, Verrat, Undankbarkeit. «Die beiden haben mir alles genommen, was ich hatte! Sie haben mir mein Leben gestohlen! Sie haben mich umgebracht!»

Bei Rufen wie *Dieb!* und *Mord!* erscheint sofort Justitia auf der Bildfläche, mit verbundenen Augen, heftig wippender Waage und erhobenem Schwert, zum Handeln bereit. Nur Rugby war noch nicht zum Handeln bereit. Seine Phantasie war mörderisch, und er mußte entscheiden, wie er sie verwerten sollte. Im Augenblick wollte er sie daran hindern, ihre Flügel zu entfalten; er wollte sie in sich verschließen, im Larvenstadium. Das ist leider das Stadium, in dem Dinge genährt werden und wachsen. «Ich brauche einen Beweis», sagte Rugby, «einen schlichten, kalten, juristischen, wissenschaftlichen Beweis.»

Er wußte, daß er am Wochenende keinen Beweis bekommen würde, so blind er auch tun und sosehr er in Wahrheit achtgeben mochte. In eben dem Moment, in dem er ins Haus gekommen war, hatte er gesehen, wie außerordentlich schlau sie vorgingen.

Aber am Sonntagabend, als Julius nach dem Essen fortgefahren war, ging Rugby spät zu Bett, und kaum hatte er das Schlafzimmer betreten, als Maria im Schlaf zu sprechen anfing. Gewöhnlich schlief sie sehr ruhig und machte ein ziemlich kindliches und offenes Gesicht, was, wie ihm nun aufging, bei einer Frau an die Dreißig, die so viel zu verbergen hatte, doch ein bißchen übertrieben war.

Er horchte, aber er verstand die Worte nicht. Er flüsterte ihr Julius' Namen zu, benutzte ihn wie einen Ruf oder ein Signal, um ihr schlafwandelnd das Geheimnis zu entlocken wie Lady Macbeth. Aber ihre gezügelte Schändlichkeit äußerte sich nur im spitzbübischen und vagen Brabbeln der Schlafwandler, jener Ganovensprache, die, während sie unterhalb der Ebene der Verständlichkeit liegt, in allen Tonlagen der Schuld vibriert wie die Saiten einer Geige. Rugby hörte das langgezogene Stöhnen lebendig begrabener Reue und die Wehmut der verlorenen Unschuld, die wie ein kleines Mädchen durch die dichten Wälder des Schlafs irrte, und das leise, tränenreiche, steinerweichende Beharren des Gefangenen, der endlos weint, um frei zu sein. «Wer weint nicht endlos nach irgendwelchen Freiheiten, weiß Gott was für welchen!»

«Wenn ich Julius loswerde», dachte Rugby, wobei er den Ausdruck im allgemein üblichen Sinn benutzte, «wenn ich jetzt einen Riegel vorschiebe, werden sie zusammen davonlaufen. Und wenn ich keinen Riegel vorschiebe, werden sie immer gieriger werden und auch zusammen davonlaufen. Ich werde sie so oder so verlieren.» In diesem Augenblick versuchte eine fast unbekannte Person, ein armer und entfernter Verwandter mit dem Gehabe eines Buchhalters, seine Aufmerksamkeit mit einer Liste anderer Dinge auf sich zu lenken, die er ebenfalls verlieren würde, wie Haus, Segeljacht, Einkommen, Bentley usw. Selbstverständlich verscheuchte Rugby den taktlosen Störenfried. «All das wird sich auf gerechte Weise klären», dachte er, «wenn der Gerechtigkeit Genüge getan ist.» Als er das Wort *Gerechtigkeit* benutzte, hatte er ein sonderbares Gefühl, als fülle er sich mit einer Substanz, leichter als Luft, und werde gleich vom Boden abheben. «Aber zuerst der Beweis!» rief er sich wieder zur Erde zurück.

Am Montag, Dienstag und Mittwoch profitierte Rugby von Marias Besorgungen und Einladungen zum Tee, um ihren Sekretär, ihre Schubläden, ihre Kleidung, ihre Schränke, ihre Schachteln und Taschen und Täschchen gründlich zu durchsuchen, und er suchte sogar zwischen den Seiten ihrer *Alice* und ihres Hopkins' und ihres Audens und so fort, die sie auf ihrem Bücherregal stehen hatte. Er war kein solcher Narr, um andere als negative Ergebnisse von diesem Unternehmen zu erwarten, das er lediglich als Konzession an die wissenschaftliche Methode, als routinemäßige Recherche durchführte. Immerhin sind auch mangelnde Indizien nicht gänzlich zu verachten. «Was», fragte Rugby, «ist ein Fußabdruck anderes als ein Negativ, eine Leere, hinterlassen von jemandem, der nichtsdestoweniger dort gewesen ist? In ihrem Sekretär werden keine Briefe sein, genau wie an ihrem Körper keine blauen Flecken sein werden oder höchstens solche, die sie auf dem Boot bekommen hat. Ehebruch ist heutzutage athletisch und effizient; Ehebruch mit Sonnenbrand! Ich meine, es gibt kein weiches lilienweißes Fleisch mehr, auf dem jedes Tier seine Spuren wie auf Schnee hinterlassen kann. Es gibt auf der Welt keine richtige Damenunterwäsche mehr, diese Dinge sind wie ihr Aussehen, wenn sie schläft; sie könnten von einem Schulmädchen getragen werden, fast von einem Jungen. Aber dieses Zeug ist aufreizender als alle Seide und Rüschen und dergleichen Firlefanz; es ist frischer und zugänglicher, und das hat sicher auch er festgestellt. Ah, da ist ihr Tagebuch! Ein interessanter Ort, es aufzubewahren!»

Rugby zog das Tagebuch unter dem Unterwäschestapel hervor; einem Versteck, das in Wahrheit nicht sehr interessant ist, wird es doch gemeinhin schon im Backfischalter benutzt und aus Gewohnheit beibehalten, außer von denen, für die das Verstecken wichtig ist. «Hier werden wir keine geheimnisvollen Eintragungen finden», dachte Rugby.

Er sah bald, daß er recht hatte, es sei denn, daß Auslassungen, Abkürzungen, dunkle Anspielungen und unentzifferbare Kritzeleien das ganze Tagebuch geheimnisvoll machten. Sie gaben ihm etwas von der Poesie eines sehr alten Manuskripts, in dessen verblaßtem Text nur noch hier und da die Namen vergessener Götter und Lieben lesbar sind. Hier fanden sich nasse Winterstraßen *(bei Andover gefährlich ins Schleudern gekommen)* und die Blumen des Frühlings; Geburtstage, Regenbögen, das neue Auto, Säen und Pflanzen, Erkältungen und Dinnerparties, Theaterstücke und Ausstellungen; all das Glück vom Januar, Februar, März und April, verbleichend und abblätternd wie ein Fresko von einer bröckelnden Wand. Oder man sah diesen oft unterbrochenen und vagen Bericht wie jene manieristischen Bilder, auf denen das Gesicht eines Mädchens aus Blüten und das Haar aus einem dichten Vogelnest oder aus weichen Schmetterlingsflügeln besteht, nämlich als ein bruchstückhaftes Porträt Marias oder zumindest als ein Porträt ihrer Mädchenhaftigkeit. «Was nichtsdestoweniger das gleiche ist wie das kindliche Gesicht, das sie im Schlaf macht», dachte Rugby, «ein Köder und eine Lüge.»

Er versuchte, zwischen den abgebrochenen Zeilen zu lesen. Er war ganz Spannung und Intuition. Zornig starrte er auf jede einzelne Seite, als befehle er ihr, eine Frage zu beantworten, die noch in den Formulierungswehen lag. Das Tagebuch schmollte unleserlich und erwiderte den Blick furchtsam oder trotzig. Alle Welt weiß, was solch ein Schweigen bedeutet.

Es gibt seelische Belastungen, die so intensiv sind, daß sie auf eine physische Äußerung bestehen. Rugby hob tatsächlich den Kopf und holte tief Luft. Er nahm in der Tat den salzigen Geruch von Schuld auf, der den Spürhund in uns allen weckt. «Hier fehlt doch etwas», sagte er. «Irgend etwas ist absichtlich ausgelassen worden.»

Noch während er sprach, wurde ihm klar, daß es Julius' Name war. Es gab Namen und Initialen genug, von allen möglichen Leuten ohne jeden Belang. Sein eigenes *R* sprang ihm ins Auge, wohin er auch blickte, wie eine Karte, die ein Taschenspieler ihm aufzwang. «Das ist wirklich zu dick aufgetragen», sagte Rugby. «Wir sind doch nicht mehr in den Flitterwochen.» Er sah den Namen von Mary Truslow, Mary Tierney, Edith Whitehouse, dem alten Doktor Crosby, alle so abgestanden wie Brackwasser. Selbst die Dienstboten standen da und der Gärtner. Aber mit Ausnahme einer beiläufigen Erwähnung an jenem Wochenende, als sie ihn zum erstenmal eingeladen hatten, kein einziges Wort von Julius! Kein einziges Wort von all den anderen Wochenenden der aufflammenden Zuneigung, den Gesprächen, den Scherzen, der Arbeit am Boot, den Plänen für den gemeinsamen Sommertörn!

Der Geruchssinn ist, obgleich er die dunkelsten Tiefen in uns aufwühlen kann, nicht unser ausgeprägtester Sinn. Es ist schwierig, eine Sache stetig zu riechen und sie ganz zu riechen. Die Nase ist zum Beispiel nicht imstande, jene sehr verbreitete Form von Schuld zu identifizieren, die gleich dem Erröten oder dem Stammeln befangener Unschuld nur der Schatten einer harmlosen Verlegenheit ist, geworfen von der Tugend selbst. Tatsache war, daß Julius' Name fehlte. Es fehlten aber auch, und das entging Rugby, jene von Sir Alex Whitehouse und Gerald Tierney und anderen attraktiven jungen Männern ihres Kreises. Dafür gab es einen sehr einfachen Grund, aber manche einfachen Dinge liegen jenseits unseres Vorstellungsvermögens. Maria, die sehr jung geheiratet hatte, hatte schon früh und mit mehr Festigkeit, als vielleicht vonnöten gewesen wäre, beschlossen, eine gute, freundliche, liebende, treue Ehefrau zu sein. Aus irgendeinem Grund hatte sich diese recht intelligente und sogar anspruchsvolle junge Frau in den Kopf gesetzt, daß sie zuviel Sex habe, und das war es, was sie bewog, sich Sorgen zu machen und jenen Entschluß zu fassen.

Deshalb nahm sie bei Begrüßungen stets von Küssen und Umarmungen Abstand und bestätigte Rugby damit zu Unrecht in seinem ursprünglichen Mißverständnis. Als sie eines Nachts nach einem Ball zu müde zum Schlafen war, kam sie zu dem Schluß, sie könne sich nicht erlauben, die Existenz gewisser junger Männer wahrzunehmen. Sie war zwar unfähig, sie aus ihren Tagen und vielleicht auch aus ihren Träumen herauszuhalten, aber sie verbannte sie wenigstens aus ihrem Tagebuch, und das sehr oft, ohne darüber weiter nachzudenken. Ob sie in Anbetracht des sonnengebleichten Flaums auf Julius' Armen gewagt hätte, einen Pfirsich zu essen, ist eine Frage, die nicht gestellt werden sollte, weil noch keine Pfirsichzeit war.

Eifersucht ist das einzige Laster, das mit keinerlei Vergnügen einhergeht. Allerdings schenkt es uns wieder die Kraft zu lieben. Bei Rugby hatte die Liebe, in egoistischen Träumen gefangen, viele Jahre möglichen Glücks verschlafen. Aber man kann schließlich nicht das Lächeln und die Blicke einer jungen Frau beobachten, man kann sie nicht in den Tiefen ihres Schlafs ausloten oder sie durch ihren Sekretär und ihre Schubläden und ihre Gedanken und ihre Tage erforschen, ohne ihren Duft in der Nase zu haben. Der Duft des Körpers und Geistes einer jungen Frau wie Maria ist schon als solcher berauschend. Mit einem Hauch des Geruchs von Schuld kann er einen fast zur Raserei treiben. Rugbys Liebe erwachte wie eine verdammte Seele, die in der Hölle aufwacht; sie war häßlich, und sie schmerzte. Die Liebe und der Schmerz waren so heftig, daß er kaum die nächste Strecke der Jagd abwarten konnte.

Diese war am Donnerstag fällig, dem Tag der billigen Tagesrückfahrten nach London, wenn Ehefrauen, die auf dem Land leben, hinfahren, um einzukaufen und sich das Haar legen zu lassen. Rugby wußte genau, was passierte. Er war besessen von einer Art Fata Morgana, deutlicher als seine wirkliche Umgebung, von seiner Frau in Julius' Wohnung, nur mit dem weiten Bademantel des kräftig gebauten jungen Mannes bekleidet, dessen Ärmel so weit hochgekrempelt waren, daß sie in sündiger Hast ein Sandwich-Dinner essen konnte. Dieses Bild peinigte ihn schrecklich, besonders die Ärmel. In der Hoffnung, es zu bestätigen und gleichzeitig zu vertreiben, beschloß er, ihr in die Stadt zu folgen.

Er wollte einen Beweis, aber am liebsten den Beweis von etwas Harmloserem oder zumindest etwas anderem; er wollte den Schmerz in einem anderen Zahn. Ihn dürstete nach der gesegneten Alternative eines Rendezvous in einem Hotelzimmer. Sie würde ihm ermöglichen, seine Selbstbeherrschung zu behalten, etwas später mit ihnen zu sprechen, eine gewisse gelassene Souveränität zu wahren, sie, wenn nicht mit Erbarmen, so doch zumindest mit einer klinischen Distanziertheit zu betrachten. «Die Menschen sind schuldiger, bis ihre Schuld erwiesen ist», sagte Rugby. Er wurde süchtig nach solchen Bemerkungen, denn sie schienen ihm die höchste Autorität unter jenen seltsamen Sätzen zu besitzen, die wir manchmal in unseren Träumen äußern. «Schon wegen der Sicherheit», sagte er, «treffen sie sich wahrscheinlich in irgendeiner billigen Absteige.»

Es stimmt eben nicht, daß Eifersucht ein Laster ist, das mit keinerlei Vergnügen einhergeht. Fertigkeiten und Gefahren und die Aussicht, am Ende den Tod zu finden, sind die wesentlichen Elemente jedes Sports, und ihren Höhepunkt erreicht man nicht etwa auf der Pirsch nach Fuchs oder Tiger, sondern wenn man seiner Ehefrau auf den Straßen der Unzucht nachpirscht. Sie zu Fuß verfolgen, ohne gesehen zu werden, mit geschärften Instinkten erahnen, wo sie abgebogen ist, über die Straße laufen, wenn die Ampel auf Rot gesprungen ist, schnell in Ladeneingänge huschen, zwischen den komplizierten Hindernissen in Kaufhausgängen hindurchschlüpfen, die Aufmerksamkeit des

Verkaufspersonals vermeiden, im richtigen Augenblick die Abkürzung zum richtigen Ausgang finden, in einem Taxi folgen, ohne das obligate «Fahren Sie hinter dem Taxi dort her!» zu rufen, in einer Türöffnung warten wie auf dem Schießstand, mit klopfendem Herzen harren, daß das Wild zielsicher ins Haus nebenan geht – das sind die erregenden Freuden, die einen Mythos und eine Kunstgattung verdienen, Tapisserien, Drucke, eine Literatur, eine tiefgründige Terminologie, Fachzeitschriften und die Preislisten von Herstellern unscheinbarer Regenmäntel, schützender Schirme und alltäglicher Hüte.

Rugby entfaltete eine unglaubliche Geschicklichkeit bei der Verfolgung und empfand alle ihre marternden und fast unscheinbaren Freuden. Das einzig Dumme war, daß sie absolut ergebnislos verlief, nicht nur am ersten Donnerstag, sondern auch am zweiten und am dritten. So dicht er ihr auch auf den Fersen blieb und so schlau er sich verbarg, er konnte seiner Beute weder zu Julius' Wohnung noch zu einem Hotel oder irgendwohin folgen, wo ein Stelldichein denkbar war. «Ist es möglich, daß sie den Verdacht haben, ich wüßte etwas?»

«Wenn ja, werden sie sich so lange nicht sehen, wie sie es aushalten können. Dann werden sie zusammen davonlaufen. Oder vielmehr, da man kaum mit einer Last von Wertpapieren, Haus, Garten, Segeljacht, Auto und all dem anderen laufen kann, werde ich derjenige sein, der hinausgeworfen wird. Sie werden für ein paar Monate ins Ausland gehen, und ich werde in irgendeinem schmutzigen Loch hausen, das ich mir leisten kann, und sie werden zurückkommen und hier leben, und alle werden sie willkommen heißen.»

Am Abend ging er hinauf ins Gästezimmer, um zu

sehen, ob das blasse Gesicht eines Menschen, der dort unten stand, wo er gestanden hatte, vom Fenster des beleuchteten Zimmers aus gesehen werden konnte. Ein Büschel weißer Riesenmaßliebchen, das etwas näher stand, war so gut wie unsichtbar. Er fragte sich, ob er mit seinem Verhalten etwas verraten habe oder ob er bei den Verfolgungen gesehen worden sein könnte, aber er wußte ganz genau, daß er nicht den kleinsten Patzer gemacht hatte. Was das betraf, konnte er seinen eigenen Hinterkopf sehen. Sein Verstand war klarer als Kristall. Er hatte das Gefühl, aus einer immensen Höhe, durch ein Loch in den Wolken, auf zwei kleine Geschöpfe hinunterzusehen, die über eine weite Ebene tollten. «Der Augenblick wird kommen, in dem ich die Hand ausstrecke, um sie zu vernichten – *so!*»

Um Ihnen zu zeigen, wie überaus klar Rugbys Verstand arbeitete: Schon während er seinen letzten Satz formte, war er sich genüßlich bewußt, wie zwangsläufig ein derartiger Monolog mit dem Ausruf *«So!»* endet! «Man muß eben damit rechnen, daß man sich die Hände auf ganz ordinäre Weise schmutzig machen wird», überlegte er.

Entschlossen verwarf er den Gedanken, der Kaffee, den er nach dem Dinner trank, könne mit einem Schlafmittel versetzt worden sein, damit Maria dem Gästezimmer mitternächtliche Besuche abstatten konnte. Er wußte sehr gut, daß das einfach nicht zu Maria oder auch Julius paßte. Er wußte, daß es Unsinn war, seinen tiefen und traumlosen Schlaf und sein dumpfes Erwachen oder auch Marias eigenartig häufige Fragen nach seinem Befinden auf eine solche Ursache zurückzuführen. Noch verrückter – er zögerte keine Sekunde, dieses Wort zu gebrauchen – war der

Gedanke, die Dosis könnte vergrößert werden, bis eines Nachts vielleicht sein Herz versagen würde, so daß es aus jenem letzten totenähnlichen Schlummer kein Erwachen gäbe.

Er war sich durchaus des wissenschaftlichen Axioms bewußt, nach dem das, was bleibt, wenn man alle anderen Möglichkeiten eliminiert hat, die Wahrheit sein muß, egal wie unwahrscheinlich sie ist. Trotzdem verwarf Rugby den Gedanken, daß irgendein Beruhigungsmittel in seinen Kaffee praktiziert wurde.

Er stellte fest, daß er unfähig war, weiter zu argumentieren; er war an einer leeren Wand angelangt. Er war wie ein Patient auf der Couch des Psychoanalytikers, befangen in einer schwangeren Sprachlosigkeit, hinter der sich Kräfte anstauten, die zu einer unerträglichen Offenbarung durchbrechen würden.

Weniger deutlich war er sich über gewisse andere Kräfte im klaren, die sich in ihm stauten. Seine köstliche, mörderische Phantasie, die ihn mehr und mehr ausfüllte und dabei, um Platz für ihr Wachsen zu schaffen, alles andere zunehmend verdrängt hatte, wurde auf einmal realistischer. Wer sich an einem ähnlichen kleinen Traum erbaut, sollte auf keinen Fall den Fehler machen, einen Schritt zu tun, der irgendwie damit zusammenhängt. Besonders zu vermeiden sind Schritte, die sich über einen längeren Zeitraum hinziehen. Selbst wenn man erwägt, Leute – *so!* – zu vernichten, wäre es zum Beispiel besser, den kurzen und jungenhaften Kauf einer Pistole zu riskieren, als seine primitivsten Instinkte erwachen zu lassen und die Zusammensetzung seines Bluts zu ändern, indem man seiner Frau Stunde um Stunde auf den Straßen der Unzucht nachpirscht.

Rugby war also in diesem Augenblick bereit für die

Offenbarung und auch bereit zur Tat. Wenn bestimmte explosive Flüssigkeiten, zum Beispiel Knallquecksilber, einen kritisch unstabilen Zustand erreichen, fangen sie aus eigener Kraft an zu kreißen, und der Blitz, der sie zündet, ist selbst erzeugt. «Nicht in der Stadt und nicht hier im Haus», sagte Rugby. «Aber es gibt keinen anderen Ort! Außer vielleicht das Boot.»

«Aber wir sind immer zusammen auf dem Boot gewesen.»

Das war eine Lüge, und auf einmal wußte er es. Er hätte es vorher wissen müssen. Er schämte sich, gelogen zu haben, ohne zu wissen, daß er log. Er schämte sich sowohl, sich selbst getäuscht zu haben, als auch, von sich selbst hereingelegt worden zu sein. Er schämte sich, jene vielen Nachmittage ausgelöscht zu haben, an denen er, weil der Wind kalt war oder sein Rücken weh tat oder weil er müde war oder das nächste Kapitel eines Buchs nicht abwarten konnte, zu den beiden gesagt hatte: «Hört mal, macht ihr ruhig weiter, ich möchte ein bißchen im Labor herumbasteln.»

Macht ihr ruhig weiter. Ein solcher Satz, der in seiner Zweideutigkeit wie eine Glocke hin und her schwang, kann im Kopf widerhallen, während man sich noch abmüht, all das herauszuwürgen, worauf die ganze Situation, gleich dem unbewegten Psychoanalytiker, wartet. «Ich habe mich vor der Arbeit gedrückt», sagte Rugby stockend und beinahe wimmernd wie ein jugendlicher Missetäter. «Ich bin ins Labor hochgegangen und habe eine Kriminalgeschichte gelesen. Oder geschlafen.» Je rückhaltloser und demütigender ein Geständnis ist, um so überwältigender und überzeugender muß es sein. Es ist das Äquivalent eines Beweises.

Macht ihr ruhig weiter!

Das Boot selbst lag dreißig Meter entfernt vertäut, wegen der Gezeiten, und sie fuhren immer mit einem Dingi hin und zurück. Wenn er sie nachmittags allein arbeiten ließ, pflegte Julius ihn zum Steg zu rudern, und wenn er später hinunterging, mußte er rufen, damit das Dingi kam und ihn wieder abholte. Und sie bauten die Kombüse nach gewissen Vorstellungen von Julius um! Sie waren die ganze Zeit unter Deck! Soviel Sicherheit gab es auf der Welt nirgends.

Macht ihr ruhig weiter!

Das Boot, sein geliebtes Boot, war ihre Chance und ihr Komplice. Es hatte sie geborgen, versteckt, gebettet. Rugby erlebte einen Augenblick der Schwäche, in dem er mit unendlicher Sehnsucht zurückblickte auf die kindliche Unschuld und die glückliche, spielzeughafte Kleinheit seiner Empfindungen über Maria in Julius' Wohnung, in seinem Bademantel, dessen Ärmel hochgekrempelt waren. Dies war seine letzte derartige Schwäche. Ein Mann, dessen Frau, dessen Freund und dessen Boot ihn alle miteinander betrogen haben, kann nur noch an Taten denken. «Ich werde sie alle drei vernichten – *so!*»

«Und ich werde es richtig machen. Auch ich habe ein Recht auf Sicherheit. Ich habe ein Recht auf» – er besaß soviel Geschmack, nicht auf Marias Geld anzuspielen – «mein eigenes Leben und darauf, wieder zu heiraten und einen neuen Freund zu finden, sogar ein anderes Boot. Aber dann vielleicht eine Jolle.»

Es war Juni. Die Arbeit auf dem Boot war fertig, und die Sonnabende und Sonntage gingen mit kurzen Tagestörns dahin, voll Vorfreude auf den August, wenn Julius Urlaub haben würde und sie den lange geplanten Törn antreten würden. Rugby sah deutlich, daß es notwendig war, einen umsichtigen Plan zu entwickeln. Es sollte auf gar keinen Fall beim erstenmal passieren.

«Würde es euch etwas ausmachen, heute allein hinauszufahren?»

Macht ihr ruhig weiter!

«Ich habe nämlich eine Idee. Ich muß unbedingt daran arbeiten. Wenn ich recht habe, könnte es einen ganz schönen Knall geben.»

Maria spielte natürlich jedesmal überzeugendstes Widerstreben. Das zweite Mal folgte sie ihm sogar ins Labor. «Hör mal, Rugby, du hast doch die ganze Woche zum Arbeiten. Du könntest doch heute mitkommen?»

«Es geht nicht, Liebling, ich muß arbeiten, wenn die Ideen kommen. Und heute bin ich gerade in Stimmung.»

«Rugby, wenn du nicht mitkommst, möchte ich lieber auch nicht.»

«Und Julius? Wozu ist er hergekommen, wenn nicht zum Segeln? Ich finde, wir sollten fair zu ihm sein.»

«Ach, Julius wird es nichts ausmachen.»

«Ich glaube doch. Oder glaubst du, du kennst ihn besser als ich? Ich bin ziemlich sicher, daß es ihm etwas ausmachen würde. Mehr noch, er braucht Übung. Ich möchte, daß er so viel übt wie möglich. Ich denke natürlich an August.»

«Na ja, wenn du meinst.»

Manchmal war er versucht nachzugeben, nur um zu sehen, wie sie sich herauslavieren würden. Aber solchen Versuchungen muß man widerstehen.

«Fahrt am besten möglichst weit mit dem Wind raus und versucht, gegen den Wind zurückzukommen. Und wenn es spät wird, nehmt den Motor. Es ist schließlich eine gute Übung. Alles, was man auf einem Boot tut, ist irgendwie eine gute Übung, findest du nicht? Ich meine, auf seine Weise.»

Rugby wußte sehr gut, daß sie auch ohne seinen Vorschlag mit dem Wind hinaussegeln würden. Es war die schnellste Methode, den Punkt zehn oder fünfzehn Meilen von der Küste zu erreichen, wo sie sicher sein würden, nicht beobachtet werden zu können. Er wußte auch, daß sie dort so lange liegen und dümpeln würden, bis es zu spät war, um mühselig unter Segel zurückzukommen, und sie würden Zeit aufholen, indem sie unter Dampf zurückkamen. Aber ihm war klar, daß sie in ihrer labyrinthischen Verschlagenheit denken könnten, dies sei zu einfach, um sicher zu sein, und ein überraschendes und unvorhersehbares Manöver ausführten, das seine Pläne vereiteln könnte. Also hielt er es für angebracht, ihnen den Weg zu ebnen, indem er sehr beiläufig genau das vorschlug, was sie am meisten zu tun wünschten.

An den Tagen, an denen er zu Haus blieb, arbeitete er genau wie an allen anderen Tagen in dem gut ausgestatteten Labor, das Marias Vater, vielleicht um ihm einen Wink zu geben, für ihn gebaut hatte. Man muß nicht sehr erfinderisch sein, um eine primitive Vorrichtung zu basteln, die einen Treibstofftank zuerst in eine Brandbombe, dann in eine Sprengbombe und dann wieder in eine Brandbombe verwandelt. Rugby fand es jedoch wünschenswert, daß der funkenerzeugende Mechanismus restlos mitverbrannte. Er wußte, wie oft Boote bis zur Wasserlinie ab- und ausbrennen und dann hartnäckig oben schwimmen bleiben. Er ging also an die Arbeit, und er hatte sein Lebtag noch nicht so hart oder so gut gearbeitet. Sein Kopf schien angefüllt zu sein mit dem unbarmherzigen Licht des Mondes, nur hundertmal greller. Probleme, die ihn bei seiner früheren Arbeit an Kunststoffen besiegt hatten, schmolzen in diesem unheimlichen Licht dahin, und nach einem Monat hatte er eine Substanz, die allein sein Werk war, genausogut wie Zelluloid, an dessen Existenz er nicht gedacht hatte.

Auch ein Zeitzünder war nötig, und hier stellte Rugby einige sehr strenge Anforderungen. Die Explosion mußte unbedingt zu einer Zeit erfolgen, wenn das Boot weit draußen im Ärmelkanal war, wenn keine anderen Fahrzeuge am Horizont zu sehen und alle anderen Faktoren optimal waren. Das schien gleichzeitig Radar und ein Robotergehirn zu erfordern, aber Rugby gehörte nicht zu jenen verrückten Wissenschaftlern, die ihre eigenen Grenzen nicht kennen. «Ich werde die Zeit selbst bestimmen», sagte er.

Dieser Entschluß war mitnichten selbstmörderisch. Er diente im Gegenteil als eine letzte und narrensichere Gewähr, daß nichts schiefging. Er sollte nicht nur verhindern, daß auf See etwas dazwischenkam, sondern er würde darüber hinaus den böswilligen Klatsch zum Schweigen bringen, der in solchen Angelegenheiten so oft zu Schwierigkeiten geführt hat. Julius und Maria waren bei sechs der letzten acht Ausflüge allein hinausgefahren; selbst der böswilligste Dummkopf würde kaum anzudeuten wagen, daß Rugby einen Unfall für eine der wenigen Fahrten inszenierte, die er selbst mitmachte.

Selbstverständlich hatte er nicht die Absicht, dabeizusein, wenn die Explosion erfolgte. An dem Abend, bevor es geschehen sollte, ging er hinunter und ruderte zum Boot hinaus. Julius und Maria waren von ihrem Tag auf See müde gewesen und schliefen bereits fest.

Rugby hatte nur sehr wenig zu tun. Er machte ein kleines Loch in den Tank und verschloß es mit einem schnell herausziehbaren Stöpsel. Er steckte die Zündvorrichtung darunter und verband sie mit einer Schnur, die er unter Deck entlangführte und durch eine kleine Öffnung im Bug hinaushängen ließ. Dann nahm er alle Schwimmwesten bis auf eine mit an Land und verschloß sie in einem kleinen Schuppen auf dem Anlegesteg.

«Beim Frühstück», sagte er zu sich selbst, «werde ich ihnen sagen, daß ich mitkomme, und sie werden versuchen, riesig erfreut auszusehen. Wir werden im Dingi hinausrudern und es wie gewöhnlich an der Boje vertäuen. Sie werden nicht merken, daß die Schwimmwesten nicht da sind. Wenn doch, werde ich sagen, daß ich sie in den Schuppen gebracht habe, um sie noch vor dem großen Törn nachsehen zu lassen.»

«Aber sie werden es nicht merken. Zwanzig oder dreißig Meilen vor der Küste werde ich Julius bitten, das Ruder zu übernehmen. Ich werde es irgendwie einrichten, daß Maria neben ihm sitzt; das wird nicht weiter schwierig sein. Dann gehe ich nach unten und nehme die restliche Schwimmweste. Ich ziehe den Stöpsel aus dem Tank. Ich gehe durch die Kombüse und klettere die vordere Luke hoch. Ich nehme mit der Schnur in der Hand meine Position am Bug ein. Ich beobachte sie eine Weile und lenke ihre Aufmerksamkeit dann auf mich.»

«‹Ich glaube, ihr habt es nicht gemerkt, weil ihr so sehr miteinander beschäftigt seid: Außer dieser hier sind keine Schwimmwesten an Bord. Die Grätinge sind alle zugenagelt. Seht ihr die Schnur hier? Wenn ich daran ziehe, wird das Boot in die Luft fliegen und dann aufbrennen. Nicht bewegen, sonst ziehe ich sofort!›»

«Dann werde ich ein paar Worte über das hinzufügen, was sie getan haben; und dann werde ich über Bord springen und dabei an der Schnur ziehen.» Rugby verbrachte eine ganze Weile damit, die bestmöglichen Worte für seine abschließende Suada zu finden, und es war beinahe heller Tag, als er zu Bett ging.

Er sank in einen jener abgrundtiefen Schlummer, die er in letzter Zeit gehabt hatte und kam morgens ein bißchen zu spät nach unten. Er sah, daß Maria mit dem Frühstück auf ihn gewartet hatte, und daß sie und Julius draußen waren und die Zufahrt auf und ab gingen. Er mußte sie zwei- oder dreimal rufen, bis sie ihn hörten.

«Ihr hättet schon frühstücken sollen», sagte er. «Aber ich bin trotzdem froh, daß ihr gewartet habt. Ich mache heute blau, und wir können zusammen rausfahren.»

«Rugby ...» sagte Maria.

«Wir hätten es Ihnen schon gestern abend sagen sollen», sagte Julius, «sofort nachdem wir zurückgekommen sind. Aber wir waren so absolut überwältigt. Es kam so unglaublich überraschend.»

«Ich hatte es befürchtet», sagte Maria. «Aber ich dachte, es würde nie passieren. Ich wollte, daß es nicht passierte. Wirklich, Rugby. Aber dann kam es gestern so plötzlich und so unwiderstehlich ...»

«Es war wie ein Blitz», sagte Julius. «Es warf uns einfach um.» Und er legte den Arm um Maria, die anfing zu weinen.

Der Hochzeitskuchen

Ein Anwalt, der sich in Paris gut auskannte, verbündete sich mit einem jungen Mann vom Foreign Office, der einen Gedichtband veröffentlicht hatte, und gemeinsam führten sie die Schwestern Bellinger nach Soho, um einen richtigen Bohemeabend zu verbringen. Die Schwestern Bellinger, die hohe Kunst und Literatur liebten, hatten eine entfernte Cousine, Eleanor Rushbridge, ein Mädchen von einundzwanzig Jahren, zu Gast, und da sie sich auf die Mannhaftigkeit und Diskretion ihrer Kavaliere verließen, nahmen sie sie mit, damit sie einen Eindruck bekäme, wie Schriftsteller, Maler, Modelle und Schlimmere lebten.

Sie gingen ins «Tientsin», das chinesische Restaurant in der Charlotte Street. Schelmisch bestellte der eine junge Mann den Damen eingelegte Eier, der andere sagte ihnen, die Leute hier seien absolute Spitze. Als sich das Mahl dem Ende zuneigte, lehnten sie sich zurück und fingen an, von Poesie zu reden, lässig, laut, zynisch, kühn, anzüglich, und jedes einzelne Wort dieses Gesprächs war für Eleanor Rushbridge Nektar und Ambrosia.

Wahrscheinlich war das Werk Swinburnes in Soho seit zwanzig Jahren nicht mehr so lebhaft erörtert worden, aber das war kein Nachteil für Eleanor, denn sie kam aus einer abgelegenen Grafschaft, wo Swinburne noch fast zuviel bedeutet.

Sie war eine gute Reiterin, aber insgeheim liebte sie Poesie. Ihre Eltern waren außerordentlich reich, doch sie träumte vom Leben in einem Dachstübchen. Sie hatte das frischeste Gesicht, das man sich vorstellen kann: Ihre Wangen waren rosig wie der Morgen und ihre Augen klar wie Kristall – das kam vom Reiten –, aber ihr Gesicht glühte von Natur aus eine oder zwei Nuancen mehr als üblich, ihr Mund war oft halb geöffnet, und ihre Augen funkelten und schmolzen abwechselnd. Man würde es ein leuchtendes Gesicht nennen.

«Dieses Mädchen», dachte Bernard Parkinson, der am Nebentisch saß, «hat ein Gesicht wie eine Flamme.»

Der Ausdruck ist nicht neu, aber Bernard war ein Dichter. Dichter sind heutzutage gewöhnlich modern, aber Bernard war das, was man einen «wahren Dichter» nennt oder nannte. Der abscheuliche Schneemensch ist nicht legendärer als dieses Wesen und der Pandabär nicht seltener. Wie der Schneemensch hinterläßt es manchmal einen dubiosen Fußabdruck; wie der Panda ist es ein freundliches, gemächliches Geschöpf und ein Bewohner der Höhen. Und wie der Panda hat es eine große Leidenschaft für Bambussprossen, sofern es welche ergattern kann, und selbst wenn es tot ist, hören wir selten etwas von ihm.

Bernard, der letzte der «wahren Dichter», war in jeder Beziehung wahr. In seiner Jugend hatte er sich geweigert, in das väterliche Geschäft einzutreten, und war mit einem Pfund die Woche abgefunden worden. Er wohnte zwischen den Schornsteinkappen und den Sternen, mit einem Klappbett, einer Bratpfanne und dem Manuskript eines Epos. Er war zu arm, um Freunde zu haben, er ging mit einem Netz einkaufen und aß seinen Hering allein, und die kleinen Straßenmädchen, die Sperlinge für jeden Franziskus sind, nannten ihn den armen Wicht. Er schrieb dann und wann Sonette und schickte sie an ausgewählte Zeitschriften, die sie allerdings nicht auswählten, sondern zurückschickten. Endlich, an seinem vierzigsten Geburtstag, schickte ihm der *Bodmin Evening Advertiser* eine halbe Guinea für das, was mit den Worten «Schönheit, für dich leb ich, für dich sterb ich» anfing, und erfolgstrunken, das Blut wie Wein in seinen Adern, wagte er sich, getrieben von einem geheimnisvollen und zugleich tiefwurzelnden Instinkt, mit Bambussprossen zu feiern, in das glitzernde und plappernde «Tientsin». Aber dort labte er sich wie Eleanor an Nektar und Ambrosia. «Dieses Mädchen», dachte er, «hat ein Gesicht wie eine Flamme.»

«Dieser Mann», dachte Eleanor, «hat die Hände eines Künstlers. Er sieht arm aus», dachte sie. «Er lebt nur für seine Kunst.»

Sie bemerkte seine spitzen Wangenknochen, seine schmale Nase und seinen struppigen Schnurrbart, und sie sah, daß seine Augen hinter der geflickten Brille so sanft und unschuldig waren wie die eines Hasen. «Er muß ein Dichter sein», dachte sie.

Ihre Gastgeber kamen ihr alles in allem zu wohlhabend, zu leichtfertig zynisch, zu dilettantisch vor: Sie redeten von Cocktailparties und guten Rezensionen. Sie beeilte sich, den Tod von Keats zu rächen, die Erfolglosen zu preisen und das heilige, hungrige Leben aller wahren Dichter zu verteidigen.

Eleanor hatte ihr Lebtag noch nie so viel oder so stürmisch oder so todernst geredet: Sie wurde plötzlich befangen. Sie verstummte mitten in einer glühenden Behauptung und blickte sich nach Mitgefühl und Hilfe um. Der Blick ihrer Augen, die klar wie Kristall waren, fiel flehend auf Bernard.

«Ich stimme Ihnen zu ... Verzeihung», sagte er. «Ich stimme jedem Wort zu, das Sie sagen.»

«Nun, mein bester Herr», sagte der Anwalt, der sich absolut unbefangen in der Boheme bewegte und sah, daß Bernard bei allem schäbigen Aussehen ein Gentleman war. «Nun, mein bester Herr, ich meine, Sie unterschätzen die Bedeutung Verlaines.»

«Nein, im Gegenteil», sagte Bernard, «aber die Schönheit ...» Und damit war die Diskussion in schönstem Gang. Sie bestellten grünen Tee; sie zechten bis nach elf. Als sie beschwingt das Restaurant verließen, fand Bernard – es war die Nacht seines Lebens – eine Gelegenheit, allein mit Eleanor zu reden. «Wenn wir einmal zusammen essen gehen könnten.»

«Sehr gern», sagte sie offen.

«Wirklich?» rief er hingerissen.

Sie sah, daß sie diejenige sein mußte, die praktisch dachte. «Aber wo?» sagte sie.

«Wo Sie möchten», sagte er.

Sie hatte gesehen, daß er arm war. «Am besten in einem von diesen kleinen Lokalen», sagte sie. «Wie wär's mit dem ‹Verona›?»

Es war das einzige andere Restaurant in Soho, in dem sie je gewesen war. «Um acht?» sagte sie. «Freitag?»

«Freitag», sagte er, «um acht.» Die Worte waren entschieden wie Glockenschläge. Sie betraten die Straße, er zog den Hut, ihre Wege trennten sich, er kletterte seine steile Treppe hinauf, betrat seine Dachkammer, stieß das Fenster auf und beugte sich hinaus, um zu den Sternen zu blicken.

Vier Tage lagen dazwischen, in denen er eine ungewöhnlich große Zahl von Gedichten, meist Oden, begann, aber nicht beendete. Er lebte von Luft, Träumen, Mondschein. Das waren die Hors d'œuvres für den bevorstehenden Schmaus: Er konnte nichts Gemeineres hinunterbringen, und das war ein Glück, denn selbst im «Verona», das dieses liebe, umsichtige Mädchen ausgesucht hatte, weil es so erstaunlich billig war, kostet ein Abendessen für zwei wenigstens zehn Shilling, so daß Bernard sparen mußte.

Der Abend kam. Es läßt sich unmöglich beschreiben, mit welchem Herzklopfen und welch inneren Sphärenklängen sich Bernard dem Lokal näherte. Sein Körper schien leicht wie Luft zu sein. Er schien zu schweben und nicht zu gehen: Seine junge, ungeduldige Nymphe war schon da, und als er hereinkam, dachte sie: «Ich hatte recht. Ich hatte recht. Sein Gesicht ist ... durchgeistigt.»

Sie hatten einen Ecktisch, wie alle Leute in ihrer Lage haben sollten. Sie plauderten, sie erröteten, sie tauschten Blicke stärker als der Chianti. Der Besitzer, der diese Blicke beobachtete, lächelte sentimental und schlug rätselhafte zwei Shilling auf die Rechnung. Als er sah, wie lange sie an ihrem Ecktisch blieben, lächelte er nicht mehr, sondern befahl dem Kellner, noch einmal zwei Shilling auf die Rechnung zu schlagen, so daß es insgesamt dreizehn waren, und noch einen für Bedienung. Bernard zahlte, ohne mit der Wimper zu zucken.

«Es war wunderbar», sagte er, als sie hinausgingen.

«Herrlich», sagte Eleanor, denn sie war das offenste junge Geschöpf unter der Sonne. «Lassen Sie es uns nächste Woche wiederholen.»

«Ja, gern!» rief Bernard verzückt.

«Gleicher Tag», sagte sie. «Gleiche Zeit, selbes Restaurant, selber Tisch. Es soll unser Tag und unser Tisch sein. Lassen Sie es uns jede Woche wiederholen, egal was wir zwischendurch machen.»

Bernard sank das Herz, aber nur weil es unmöglich war, ihr etwas für zwischendurch vorzuschlagen. Er war schwach im Umgang mit Zahlen, aber er hatte keine Schwierigkeit, die Summe von vierzehn Shilling für ein Essen und fünf Shilling für seine Miete von seinem wöchentlichen Pfund abzuziehen. Bernard würde zwischendurch nicht viel machen.

Am nächsten Tag schlang er, da er am Freitag so gut gespeist hatte, nur ein Stück Brot hinunter, das er hinten in seinem Vorratsschrank gefunden hatte. Mit Pfeffer und Salz bestreut und mit Phantasie bestrichen, ähnelte es Dörrfleisch oder Pemmikan, die bekanntlich höchst nahrhaft sind. Sonntag war Heringtag. Am Montag war er gezwungen, langfristig zu denken, und kaufte für zwei Penny Knochen beim Metzger. Unglücklicherweise hatte er nichts für das Gas eingeplant, um sie zu kochen. Am Mittwoch erlitt er, als er in einem Konditoreischaufenster ein protziges Stück Kuchen beäugte, einen Anfall von Verrücktheit und kaufte es. Am Freitag sah er durchgeistigter aus denn je.

Der erste Löffel Minestrone stieg ihm zu Kopf. Er redete wie ein Besessener; er rezitierte einige seiner Sonette, die besonders zu passen schienen. Eleanor lauschte, als wären sie Himmelsklänge. Sie verglich seine Werke mit den barschen Äußerungen der stämmigen jungen Männer daheim, die so unpoetisch waren wie Auspuffexplosionen. Sie wurde entrückt in eine Welt der Schönheit und Ritterlichkeit. In einer solchen Welt bieten junge Mädchen nicht an, die Rechnung zu zahlen, wie sie es, sind sie erst einundzwanzig, bei Tommy Devereaux oder Bunny Bohun-Wrench tun könnten und wie sie es bei einem wirklich modernen Dichter tun müßten. Eleanor fürchtete auch ein wenig, Bernards Stolz zu verletzen. An der Art, wie er lachte, als er «und natürlich ist man lächerlich arm» sagte, erkannte sie, daß er stolz war.

«Er lebt wahrscheinlich von drei- oder vierhundert im Jahr», dachte sie und sehnte sich danach, ihm Socken zu kaufen.

Bernard wurde im Lauf der Wochen nicht zum Mann, sondern zum Gespenst, von Liebe und Hunger gleichermaßen verzehrt. Bei allen anderen als einem wahren Dichter hätte das zweite das erste verschlungen haben müssen wie das Kamel seinen Höcker. Bernard hielt sie auseinander, außer in seinen Sonetten, in denen er eine wachsende Neigung zeigte, Eleanor mit Milch, Honig, Brot, Wein und sogar mit Lebensmitteln gleichzusetzen, die eine Menge bedeuten können. Wo er früher einen Magen gehabt hatte, krampfte sich nun eine Faust schmerzhaft zusammen, seine Knie zitterten, sein Kopf verdrehte sich. Eine Xanthippe keifte ihn wütend an, weil er ihr gepäppeltes und rosiges Balg, das auf der Stufe zu einem Pub hockte, zu lange gemustert hatte.

Eleanor fand ihn inzwischen beinahe zu durchgeistigt. Ihr Gesicht, das so leuchtete und glühte, war auch so frisch wie der Morgen: Sie ritt gut, aß herzhaft, und ihr Blut pulste kraftvoll durch ihre Adern. Sie stellte fest, daß sie launisch geworden war, schmollte, dazu neigte, die Leute anzuschreien und dann in Tränen auszubrechen. Das war sehr ungewöhnlich: Sie fragte sich, was los sein mochte. Als sie die Frage genügend oft wiederholt hatte, fand sie etwas heraus, das sie die ganze Zeit gewußt hatte. Sie wünschte, sie könnte mit Bernard genauso offen sein. Das Dumme war, daß ihre Eltern altmodisch waren, und sie war in einer abgelegenen Grafschaft aufgewachsen.

«Er liebt mich, das weiß ich», sagte sie sich. «Er hat Angst, es würde mir etwas ausmachen, arm zu sein.» Sie brauchte nicht lange, um ihm zu erzählen, wie sehr sie das teure Leben haßte, das allem die Würze nimmt.

«Ich könnte mir sehr gut vorstellen, in Südfrankreich von einer kleinen Stadt zur anderen zu ziehen», sagte sie. «Man könnte in den billigsten *bistros* essen, ein Omelette, *soupe aux moules, bœuf provençal* ...»

«Wunderbar! Wunderbar!» rief Bernard so gefühlvoll, daß ihre Hoffnungen himmelhoch stiegen. «Oder ich würde gern in einem Cottage leben», sagte sie, «in einem winzigen Cottage mit einem kleinen Obstgarten, und eine alte Bäuerin kocht und putzt und macht alles. Nur ein Pferd, wenn überhaupt. Wir ... Ich meine, ich ...»

«Das wäre sehr schön», sagte Bernard in einem matteren Ton.

Eleanor wurde verzweifelt. «Bernard», sagte sie offen, «ich möchte ... ich möchte ...»

«Was?» fragte Bernard.

«Ich möchte ... daß Sie ... noch einen Kaffee bestellen», sagte Eleanor.

Das kostete einen weiteren Shilling. Oder vielmehr, *den* weiteren Shilling. Hundertmal schlimmer war aber, daß Eleanors Stimme etwas Kaltes, beinahe Feindseliges hatte, als sie sich verabschiedeten.

Bernard war verzweifelt. Wahrscheinlich hätte er bei gutem Essen Zuflucht gesucht, aber Freitag war der Tag, an dem sein Pfund kam und seine Miete fällig war. Er hatte nichts mehr in der Tasche, er hatte nichts, das er versetzen konnte, keine Aussicht auf irgendeine Arbeit, niemanden, den er anpumpen konnte, und Eleanor hatte einen kalten Ton angeschlagen. Es war eine schlechte Woche. Sein Hunger, den er mit Essen für zwei Penny täglich im Zaum gehalten hatte wie einen Wolf an den Ohren, wandte sich nun gegen ihn und zerriß ihn. Seine Liebe, die ihm bisher Kraft gegeben hatte, wütete nun wie ein heulender Sturm in seinem schwindelnden Kopf. Er verfluchte sich und seine Armut. Er war kurz davor, sein Epos zu zerreißen.

Eleanor war besser dran, aber nur insofern, als sie vier Mahlzeiten am Tag bekam. Am Sonnabend weinte sie, am Sonntag stritt sie sich mit ihren Freunden. Am Montag fing sie sieben Briefe an, schrieb aber keinen davon zu Ende. Am Dienstag beschloß sie, absolut offen mit Bernard zu reden. Am Mittwoch erfand und verwarf sie vierundvierzig mögliche Einleitungen.

Am Donnerstag ging sie Besorgungen machen und kaufte unter anderem einige Petits Fours. Neben dem Tresen stand der hübscheste Hochzeitskuchen, den man sich vorstellen kann: Sein sahniger Guß war verziert mit Cupidos, Tauben, Herzen und, durch das außergewöhnlichste Zusammentreffen, mit den von einer Girlande umschlungenen Buchstaben E und B.

«Ist der Kuchen zu verkaufen?» fragte Eleanor.

«Ich möchte», sagte Eleanor, als sie gehört hatte, daß er zu verkaufen war, «ich möchte, daß Sie ihn sofort zu Mr. Bernard Parkinson, Witcher Street 84, bringen lassen. Ich glaube, es ist bei der Tottenham Court Road.»

«Er wird ihn bestimmt erwähnen», sagte sie sich. «Er wird erraten, daß ich ihn geschickt habe. Auf jeden Fall wird er ihn erwähnen. Und ich werde sehr schamlos sein ... Ich werde sagen ...»

Bernards Wirtin kletterte an jenem Abend protestierend die letzte schmale Stiege hoch. «Ein Paket für Sie, Sir», sagte sie. «Sehr schwer!»

Beim Anblick des Pakets leuchteten Bernards Augen auf. «Was es auch sein mag», dachte er, «ich werde es für ein paar Pennys verkaufen können.» Er machte es auf. Er sah den Kuchen. Er verstand.

Seine Lippen bebten. «E · B!» Das E war üppig verschnörkelt, und seine Ornamente und Rundungen ragten deutlich aus dem klaren schönen Guß hervor. Mit ehrfürchtigem Finger brach Bernard ein kleines Stückchen ab.

Am nächsten Abend wartete Eleanor lange im «Verona». Endlich zahlte sie mit brennenden Wangen und tränenschimmernden Augen die Rechnung für ihr einsames ungegessenes Dinner.

In abgelegenen Grafschaften lesen junge Mädchen nicht sehr aufmerksam Zeitung. Sie sah nie die winzige Meldung über den Exzentriker von Bloomsbury, der tot aufgefunden worden war, nachdem er einige Pfund Hochzeitskuchen hinuntergeschlungen hatte.

Der Liebeskenner

Es ist nicht jedem gegeben, den größten Traum seiner barfüßigen Jugend wahrzumachen. «Aber hier sitze ich», dachte Harvey Macreevey, «und ich bin genau das, was ich mir vor so langer Zeit gewünscht habe – ein Abenteurer im Schatten einer Palme!»

Er mußte einräumen, daß die Palme ihre Wedel nicht über einem tropischen Eiland oder einer Schatzinsel ausbreitete. Sie ragte in Wahrheit aus einem Kübel im Foyer des Grand Casino Hotels in Monte Carlo auf. Harvey tröstete sich mit dem Gedanken, daß das Grand Casino Hotel keineswegs ein übler Platz für einen Abenteurer ist. Man könnte allerdings meinen, daß Harvey in diesem Punkt etwas zu optimistisch war. Übergroßer Optimismus war ohnehin seine Schwäche. Er war nicht mehr so jung, wie man gern sein möchte, und er hatte selten eine genaue Vorstellung, woher er sein nächstes Essen nehmen sollte. Nichtsdestoweniger sah er von allem immer nur die gute Seite, und er dachte an nichts als Liebe und den glücklichen Zufall.

Seine Ansichten über zärtliche Leidenschaft waren nicht gänzlich frivol. Er betrachtete sich als reif für eine letzte und dauerhafte Bindung. «Ich habe die Zeit des Lebens erreicht», sagte er, «in der ein Mann, was dieses Spiel betrifft, auf Nummer Sicher geht.»

Harvey hatte nichts gegen Liebeleien. Jugendliebe, erste Liebe, zweite, dritte, vierte Liebe und so weiter – er hatte alles von Herzen genossen. Trotzdem hatte er festgestellt, daß sie kaum mehr als schillernde Seifenblasen waren, die irgendwann, manchmal mit einem ärgerlichen Knall, platzten. «Sie waren muntere Wellen», sagte er, «und es war nur natürlich, daß sie abebbten und andere Wellen ihnen folgten. Aber nichtsdestoweniger waren sie absolut wunderbar, mit der leidigen Ausnahme von Mrs. Oliphant. Doch letzten Endes waren sie, um es mit einem Wort zu sagen, nur *das*. Und als solche erreichten sie selbstverständlich nicht die erhabene und monumentale Bedeutung der großen und bleibenden Liebe eines Lebens, die man, um es mit einem anderen Wort zu sagen, *Die* nennen sollte.

Zur Frage, was *Die* ausmachte, hatte Harvey das, was er seine Ideale zu nennen beliebte. Diese hatten sich im Lauf der Jahre ganz beträchtlich geändert. Die üppigen Formen einer Miss Bjornstrom, der blonden Göttin der Penne, an der Harvey jene barfüßige Jugend verbracht hatte, waren passé. Jugend, Grübchen, Kichern, sogar ein bißchen Wackeln waren gefragt. Harvey war reifer geworden, aber seine Ideale, wie wenn die Natur beschlossen hätte, das Gleichgewicht wiederherzustellen, unreifer. In seiner Jugend hatte er Babies verabscheut und Puppen verachtet; nun tat er, vielleicht die größte Untertreibung aller Zeiten, das nicht mehr.

Schön und gut, dort saß Harvey nun im Schutz seiner Palme, lehnte sich in seinem Sessel zurück und ließ diese Ideale in seinem Geist Revue passieren. Seine Augen waren halb geschlossen; ein zärtliches, wehmütig-sehnsuchtsvolles Lächeln spielte sein einsames kleines

Spiel auf seinen Lippen. Harvey verharrte liebevoll bei allen möglichen angenehmen Einzelheiten, genau wie andere Kenner ihre Bücher, Nippes, *objets de vitrine* und so weiter ordnen, katalogisieren und streicheln. Plötzlich schwand sein mildes Lächeln und wurde ersetzt durch die Miene eines Mannes, der seinem inneren Auge nicht trauen kann. Nun ist dieses Organ angeblich der Segen der Einsamkeit, und kein Augenarzt kann es mit einem Monokel ausrüsten, wenn es zufällig einen Astigmatismus entwickelt.

Harvey hatte plötzlich begriffen, daß die Ideale, die er in seiner Phantasie heraufbeschwor, keineswegs seine eigenen waren. Aus Angst, sie könnten die Ideale eines anderen sein, die sich irgendwie in seinen Kopf verirrt hatten, hörte er selbstverständlich sofort auf, sie zu liebkosen. Doch als er wieder einen Blick auf sie riskierte, begriff er, daß sie *beinahe* seine eigenen waren, nur besser. Möglicherweise war es eine Frage von einem halben Zentimeter hier und vielleicht einem Zentimeter dort – aber die Gesamtwirkung war zweifellos besser.

Harvey hatte recht lange gebraucht, um seine Vorstellung von Vollkommenheit zu entwickeln, und es war nur natürlich, daß er wissen wollte, woher nun diese begnadete Korrektur kam. «Entweder ist sie, wie Aphrodite aus dem Meeresschaum, aus den Tiefen meines offensichtlich ziemlich gepfefferten Unbewußten gestiegen», sagte er sich, «oder sie ist von einem äußeren Reiz verursacht worden. Womöglich kann mein inneres Auge gleichsam Diktate von meinen beiden halb geschlossenen äußeren aufnehmen?»

Begierig öffnete Harvey diese, so weit es ging, und mußte sie sofort wieder zukneifen, damit sie ihm nicht aus dem Kopf fielen. An dem Tisch auf der anderen

Seite der schützenden Palme saß der beinahe eineiige Zwilling des Mädchens, von dem er geträumt hatte. Aber dieses hatte den enormen Vorteil, noch traumhafter zu sein, und den noch größeren Vorteil, keineswegs ein Traum zu sein. «Was für ein widersprüchliches kleines Ding sie ist!» dachte Harvey zärtlich. In Wahrheit hatte er sich auf den ersten Blick verliebt, und seine Liebe war so süß und leidenschaftlich, daß man sie sich besser vorstellen als sie beschreiben kann. Vielleicht sollte man sie sich besser nicht vorstellen, es sei denn, man hat nicht viel Vorstellungskraft.

Man könnte sagen, daß diese Liebe eine Kreuzung zwischen einem sehr kostspieligen Valentinsgeschenk und einem gutgepolsterten elektrischen Stuhl war. Harvey heftete einen so intensiven Blick auf das hinreißende Geschöpf, daß er, wäre jemand zwischen ihnen hindurchgeschritten, losgegangen wäre wie eine elektrische Alarmanlage. Einen Moment lang hatte Harvey den Eindruck, er rauche seine Zigarette mit einer Spitze, obschon er das niemals tat. Er stellte fest, daß seine Lippen sich ganz leicht in Richtung des geliebten Wesens spitzten, wie die eines Schimpansen, dem ein Stück Zucker gereicht wird.

«Oh, wäre sie doch mein Zucker und wäre ich ihr Daddy!» dachte Harvey und begann umgehend seine Chancen zu erwägen, diesen köstlichen Zustand herbeizuführen. Jemand hat einmal gesagt, es sei ein großes Unglück, zu lieben und nicht reich zu sein. Das Mädchen, das Harvey auf einmal soviel bedeutete, schien ein recht einfaches kleines Ding, aber sie hatte etwas an sich – es war übrigens ihr Kleid –, das durchblicken ließ, daß auch einfache kleine Dinge ziemlich teuer sein können.

Harvey fand, daß er nicht die Kraft hatte, seinen Blick loszureißen, hinauszulaufen und, einfach so, eine Million Dollar zu verdienen. «Ich wäre zu lange fort», sagte er zu sich selbst. «Ich würde sie schrecklich vermissen. Und gesetzt den Fall, sie würde nicht mehr hier sein, wenn ich zurückkäme! Natürlich wäre es herrlich, *wenn* ich rechtzeitig zurückkäme und sie hier auf mich wartete. Ich sehe förmlich, wie ich durch die große Tür dort komme, mich nach ihr umblicke, sie sehe, winke, lächle ...!» Aber an diesem Punkt merkte Harvey, der bisher an seinem inneren Auge gezweifelt hatte, daß er unfähig war, seinen äußeren zu trauen, denn genau dies sah er: Harvey sah sich selbst oder eine sehr überzeugende Kopie seiner selbst in der Tür erscheinen, winken, durch das ganze Foyer winken, mit unerträglich blitzenden Zähnen lächeln. Er sah, wie sein Traummädchen zu dem Herzensbrecher hochlächelte, der sich nun über sie beugte.

«Hallo, Süße!» sagte sein vernunftswidriges Faksimile.

«Hallo, Daddy!» sagte sein Traumideal.

«Meine eigenen Worte!» dachte Harvey. «Ich muß es selbst sein. Seht mich an – ich tätschele ihre Wange, ich setze mich neben sie, ich betrachte sie, als ob sie vom Kopf bis zu den Zehenspitzen mir gehörte!» Bald wurde ihm jedoch klar, daß der andere Mann sie betrachtete und er selber nur zusah. Das ist der ganze Unterschied. «Entweder bin ich total verrückt geworden», dachte Harvey, «oder ich bin nur die falsche Hälfte von zwei geistig gesunden, ausgeglichenen, durch und durch normalen Doppelgängern.»

Harvey hatte gehört, daß jedermann irgendwo auf der Welt ein Double hat. Was ihn erzürnte, war die Art, wie sein Double hereingeplatzt war, als er gerade, hier einen halben und dort einen ganzen Zentimeter mehr oder weniger, sein Ideal gefunden hatte. «Es gibt nur einen Trost», dachte er. «Es beweist zumindest, daß sie meinen Typ mag.»

Das war alles gut und schön, außer daß ihre Zuneigung ein wenig deplaciert war. Sie streichelte die Hand des Störenfrieds; sie vollführte eben das Wackeln, als dessen ursprünglicher und empfänglichster Choreograph Harvey sich selbst betrachtete; sie lächelte sein abscheuliches Duplikat sogar an, wie ein niedlicher kleiner Kanarienvogel einen großen fetten Perserkater anlächelt. «Weißt du, Daddy», sagte sie, «du siehst ein bißchen mitgenommen aus.»

«Vielleicht, Schätzchen. Ich nehme an, es kommt davon, daß wir soviel Spaß haben.»

«Ja, Daddy, wir haben wirklich eine Menge Spaß gehabt, ja?»

«Wenn der Bursche mir auch so gleicht, wie er mir ähnlich sieht», dachte Harvey zähneknirschend, «sollte man diesem Spaß besser und unverzüglich ein Ende bereiten!» Er hätte sich – lieber noch sein anderes Ich – vor nackter Eifersucht treten können. Er war mehr als überzeugt, daß dieses Mädchen einen tragischen Fehler machte. Er beobachtete voll Unbehagen, wie sie dem Burschen Kaffee einschenkte und drei Stücke Zucker hineintat. Nun nahm Harvey immer nur zwei, und der Puritaner in ihm empörte sich über diesen vulgären, sinnlichen Zug seines Rivalen.

«Du magst doch Süßes, Daddy, oder?»

«Ja, Schätzchen, und ob ich es mag.»

Nur ein Irving oder ein Barrymore, der, von einem verstauchten Knöchel heimgesucht, seinen Ersatzmann bei einer stümperhaften und geistlosen Darbietung des leidenschaftlichen Romeo-Monologs erlebte – nur er konnte auch nur eine entfernte Ahnung haben, was Harvey in diesem Augenblick empfand. Er hätte eine so vibrierende Intensität, soviel Tiefe, so viele Nuancen in diesen einfachen, bewegenden Satz hineinlegen können, dessen Urheberschaft er, wieder gleich den fraglichen Schauspielern, uneingeschränkt für sich in Anspruch nahm. Statt dessen war er gezwungen, daneben zu sitzen und zuzuhören, wie er heruntergeleiert und verschenkt wurde.

«Romantik ist nicht seine starke Seite», dachte Harvey, «und sein Anzug ist unmöglich.» Hier bewies Harvey einen sicheren Geschmack; sein Nebenbuhler trug einen jener sehr teuren Anzüge eines schlechten Schneiders, der die Funktion hat, den Erfolg eines Geschäftsmanns aus der Provinz zu verkünden. Blätter können raunen, Bäche können murmeln, dieser Anzug war das Äquivalent einer Bonitätseinschätzung von Dun & Bradstreet: «Eine Million Dollar.»

«Mein Gott!» sagte Harvey. «Zuerst mein Mädchen, dann mein Satz und jetzt auch noch meine Million Dollar!» Man wird sich erinnern, daß er vorgehabt hatte, eben diese Summe zu verdienen, um seine schöne Puppe an den Stil zu gewöhnen, den er sich für sie vorstellte. «Und mehr noch», dachte er, «dieser Kerl bildet sich die Million nicht ein, sondern er hat sie in der Tasche – in der Tasche eines Anzugs, in dem man mich nicht mal tot finden würde.»

«Und doch», gab er ehrlich zu, «würde ich alles dafür geben, in seiner Haut zu stecken, vorausgesetzt, sie ist nicht allzu pickelig.»

«Besonders», fügte er vielleicht nicht unrealistisch

hinzu, «weil es mich von dem Problem befreien würde, wie ich aus meiner eigenen schlüpfen kann.»

«Außer natürlich», schloß er mit löblicher Klarsicht, «daß ich gar nicht mehr ich wäre, wenn ich in seiner Haut steckte.»

In jeder großen Tragödie gibt es einen Punkt, an dem das frisch ausgeschlüpfte, über sich selbst entsetzte Motiv plötzlich eine Chance bekommt. Dann wird es lustig. Harveys Gedanken gingen im Kreis wie Müßiggänger, die darauf warten, daß ein Spielsaal geöffnet wird, als er die folgenden Wörter hörte: «Süße, ich denke, ich mache noch einen letzten Gang durch den Kasinopark. Ich werde eine Zigarre rauchen und zusehen, wie der Mond aufgeht. Möchtest du mitkommen?»

«Nein, vielen Dank, Daddy. Ich möchte hier sitzen bleiben und auf meinen Schatz warten.»

«Das», dachte Harvey, «wird dir die größte Überraschung deines Lebens bescheren, wenngleich ich hoffe, daß du sie nicht mal bemerken wirst, außer vielleicht durch die langsam wachsende Erkenntnis, daß dein Schatz diesen Namen mehr denn je verdient.»

Also trat Harvey unauffällig aus dem Schutz der Palme und stahl sich aus dem Nebeneingang des Hotels. Er ging nicht gleich in den Park, sondern zuerst ins Kasino. Er schritt zu seinem gewohnten Tisch, wo er den Croupiers, die ihn übrigens als Knicker betrachteten, wohlbekannt war. Nichtsdestoweniger waren sie beeindruckt von den verzweifelten, riskanten Einsätzen, die er machte, und tauschten Blicke aus, die so deutlich, wie Blicke zu sagen vermögen, bedeuteten: «Der hohe Herr scheint heute abend aufs Ganze zu gehen. Er setzt zweifellos seinen letzten Sou.»

Ziemlich schnell harkten sie den betreffenden Sou zu sich herüber. Harvey dankte ihnen mit einem kleinen Lachen, das gleichzeitig spröde, leise, dumpf und sehr trocken war und einen kleinen Schuß Abschiedsschmerz sowie einen winzigen Hauch bitterer, stählerner Entschlossenheit besaß. Die Bedeutung eines solchen Lachens kennt man am Spieltisch sehr gut, und als die Croupiers es hörten, fingerten sie nervös an ihren schwarzen Schleifen.

Harvey machte einen untadeligen Abgang. Väter wiesen ihre Söhne auf ihn hin. «So gehört sich das», sagten sie, «wenn die Zeit, System hin, System her, früher oder später gekommen ist.»

Harvey nahm die Abbiegung zum Park hinter dem Kasino. Der Park ist reich an exotischen Pflanzen und perlmutteingelegten Revolvern; in diesen Nachkriegstagen werden letztere nicht immer mit der gebührenden Sorgfalt eingesammelt, wenn man die Leichname von Schwerverliebten im Morgengrauen fortträgt. Harvey blickte sich in dem schwindenden Licht um und fand bald einen, in dem fünf unverbrauchte Patronen von der Verschwendungssucht seines verblichenen Eigentümers zeugten. Dann verbarg er sich im üppigen Blattwerk einer großen Sukkulente, die auf dem Fels über dem schmalen, von der unteren Terrasse hochführenden Weg wuchs.

Bald hörte er ein sorgloses Pfeifen. «Der Mann», dachte er, «der in diesem Stadium seiner Angelegenheiten sorglos pfeifen kann, ist entweder total blind, oder er nimmt sein Schicksal sträflich auf die leichte Schulter. Das befreit den altmodischen, abenteuerscheuenden Teil meines Geistes von jedem Gefühl der Schuld.» Ohne weiteres Aufheben beugte er sich vor und nahm dem Burschen den Hut vom Kopf. Er tat es erstens aus einem Sparsamkeitsimpuls heraus, um ein nützliches Kleidungsstück zu erhalten, zum anderen, weil er fand, daß man angesichts einer gewissen Sache barhäuptig sein sollte.

«Haben Sie zufällig irgendwelche Muttermale?» fragte er.

«Nein», sagte der andere verblüfft und deshalb ehrlich. «Nicht den kleinsten Leberfleck.» Dann fügte er, zu Harvey hinaufstarrend, hinzu: «Aber wer zum Teufel sind Sie?»

Harvey fand, jeder Versuch einer Erklärung würde nur Bitterkeit und Antipathie hervorrufen, so daß er sehr zart den Abzug seines kleinen perlmutteingelegten Revolvers betätigte. Der Knall ging unter in zahllosen anderen, die in den dunklen Winkeln des Parks ertönten; denn es war zufällig ein Abend, an dem die Bank außerordentlich gut abschnitt. Da er nicht den Weg blockieren wollte, rollte er den Verschiedenen an eine abgelegene Stelle hinter einem riesigen, in der Nähe stehenden Kaktus mit Säulen wie Orgelpfeifen. Für Musikliebhaber mag es von Interesse sein, daß Harvey, dessen geschärfte Sensibilität gleichsam Hi-Fi-Qualität besaß, den starken Eindruck hatte, der tiefe Baß dieser prachtvollen Pflanze spielte «Das Ende eines vollkommenen Tages», während die Vox celestis leise «Jenseits von Eden» intonierte. Er fand, daß beides außerordentlich gut paßte.

Es war jedoch keine Zeit für ästhetische Erwägungen. Harvey tauschte seinen vielgetragenen Nadelstreifen gegen den Anzug aus, der seine Verachtung erregt hatte. Er bemerkte sofort etwas, das einem grobschlächtigeren Menschen wenig ausgemacht hätte, für jemanden wie ihn, der einen ausgeprägten Sinn für richtig und falsch hatte, jedoch von immenser Bedeutung war: Dieser Anzug war um Schultern und Brust eine Spur zu eng und in der Taille ein klein wenig zu weit. Der Unterschied betrug nicht mehr als einen halben Zentimeter hier und einen Zentimeter dort, aber man wird sich erinnern, daß *dies genau der Unterschied zwischen seinem Traummädchen und seinem realen Traummädchen war.* «Es beweist, daß ich recht habe», sagte er frohlockend. «Es beweist, daß sie und ich füreinander geschaffen sind. Wenn nicht, gibt es irgendwo ein verflixtes Mißverständnis.»

Manche Leute sagen, daß Mord, selbst in seiner saubersten und erfolgreichsten Form, dazu neigt, Gewissensbisse, böse Ahnungen, Reue und andere unangenehme Empfindungen hervorzurufen. Harvey empfand nichts dergleichen. «Ich fühle mich ausgezeichnet», sagte er sich. «Ich fühle mich sogar wie ein neuer Mensch, mit allen Vorteilen der beiden alten. Erstens bin ich ich; zum zweiten werde ich bald das Mädchen und die Million Dollar haben.»

Begierig, die beiden letztgenannten Dinge in Besitz zu nehmen, schritt er zum Hotel zurück. «Es ist ein Jammer», dachte er, «daß wir noch nicht mehr gemeinsame Erinnerungen und Beziehungen haben. Es wäre zum Beispiel sehr hilfreich fürs Gespräch, wenn ich, falls wir verheiratet sind, unseren Namen oder, falls wir zufällig in Sünde leben, die Adresse unseres Liebesnestes wüßte. Ich bin jedoch ein Abenteurer und deshalb uneingeschränkt bereit zu improvisieren.»

Inzwischen saß er neben seiner Angebeteten, die ihn übrigens mit dem Blitzen eines goldenen Rings beglückte, als sie seine Hand tätschelte.

«Hallo, Süße», sagte Harvey.

«Hallo, Daddy», erwiderte das Traummädchen.

Harvey beglückwünschte sich, daß der Dialog bis jetzt so glatt und flüssig gelaufen war, aber an diesem Punkt hatte er gewisse Schwierigkeiten fortzufahren. Glücklich der Mann, dessen Frau, auch wenn sie kaum mehr als ein junges Mädchen ist, ihn im Bedarfsfall inspirieren kann.

«Hör mal, Daddy! Wieso ist deine Jacke so staubig? Sag bloß nicht, du bist hingefallen! Sag bloß nicht, du hast dich verletzt!»

Ihre zärtliche Fürsorge verhalf Harvey nicht nur zu dem köstlichen Gefühl, geliebt und akzeptiert zu werden, sie verhalf ihm auch zu einer Idee. «Zuckerpüppchen», sagte er, «ich habe unten im Park noch mal über alles nachgedacht. Ich habe über dich nachgedacht; ich habe über mich nachgedacht, und das hat mich dazu gebracht, über uns beide nachzudenken. Und ... na ja, ich hatte das Gefühl, ein bißchen trainieren zu müssen.»

«Hör mal, Daddy! Wozu?»

«Nur um meine Brust ein bißchen zu dehnen, Schatz, und um in der Taille vielleicht einen Zentimeter abzunehmen. Ich habe es für dich getan. Ich möchte, daß du stolz auf mich bist, und ich hoffe, daß du die Veränderung bemerkst. Diese Übungen haben mich allerdings so übermütig gemacht, daß ich zuletzt aus reiner Lebensfreude ein paar Saltos machte. Und – du wirst mich für einen schrecklichen Narren halten – dabei habe ich vergessen, mich rechtzeitig mit den Händen aufzustützen.»

«Du dummer alter Daddy! Als nächstes wirst du noch deinen Kopf vergessen.»

«Genau das habe ich getan, Süßes! Du hast recht. Wie klug von dir, es zu erraten. Wie gut wir einander doch kennen. Wie wundervoll nahe wir uns sind. Nun, wie ich gerade sagen wollte, ich habe mir einen ganz schönen Knacks geholt. Ich denke, ich habe einen kleinen Gedächtnisschwund erlitten. Darling, so wie die Stars im Film. Würde es dir etwas ausmachen, mir ein wenig Nachhilfeunterricht zu geben, wer wir sind, was wir hier tun, wie wir hierhergekommen sind und all das?»

«Aber wenn du plötzlich an Gedächtnisschwund leidest, wie kommt es dann, daß du dich an die vielen Stars aus den Spätvorstellungen erinnern kannst, Daddy?»

«Na ja, vielleicht waren ihre Leistungen so unvergeßlich, Süßes.»

«Aber wenn du nicht weißt, wie wir hierhergekommen sind, erinnerst du dich ja auch nicht, daß ich im Fernsehen war.»

Harvey zögerte. «Verzeih, wenn ich ein bißchen abwesend bin», sagte er, «ich habe gerade deinen süßen Schmollmund bewundert. Aber wir sprachen über deine Fernsehkarriere und mein Gedächtnis. Bitte, Liebling, stell dir für einen Augenblick einen Schweizer Käse von der besten Qualität vor – an die Löcher hier und da, die nach keinem bestimmten Schema angeordnet sind. Diese Löcher sind ungefähr so groß wie die Kieselsteine auf jenem Weg durch den Park, und so sieht es auch mit meinem Gedächtnis aus.»

«An einen lausigen Schweizer Käse kannst du dich erinnern, aber du kannst dich nicht erinnern, daß ich im Fernsehen war! Du kannst dich nicht erinnern, daß ich die Fernsehhochzeit und die Flitterwochen in Monte Carlo gewonnen habe?»

«Sei nicht böse, Liebling, jetzt, wo du es erwähnst, fällt es mir langsam wieder ein.»

«Und die neuen Klamotten und das Gepäck und die Flugtickets und die Hotelkosten und die hundert Dollar pro Person, zum Umtausch in Francs für das Kasino.»

«Wir waren nicht zu stolz, all das anzunehmen, mein Liebes; wir nahmen es als einen bescheidenen Tribut an deine Schönheit, deinen Geist und deinen Charme.»

«Wir grabschten es, so schnell wir konnten, Daddy, genau wie du den Urlaub gegrabscht hast, den die Müllabfuhr dir gegeben hat, damit du mitkommen konntest.»

«Vielleicht liegt es nur an dem unglücklichen Kontrast», sagte Harvey, «aber ich muß sagen, daß die Worte ‹Urlaub› und ‹Müllabfuhr› ein schrecklicher Mißklang in meinen Ohren sind. Ich habe natürlich den allerhöchsten Respekt für die betreffende Institution; ohne sie würde der Müll nie beseitigt werden, und er würde ohne Zweifel zum Himmel stinken.»

«Du mußt es ja wissen, Daddy.»

«Aber deine Formulierungen lassen sich nicht mit meinem Eindruck vereinbaren, daß ich Papiere im Wert von ungefähr einer Million Dollar besitze. Irgend etwas schien mir das zu sagen; es war übrigens dieser Anzug, den ich gerade trage. Sag bloß nicht, ich hätte ihn selber gesponnen.»

«Hör mal, Daddy, das ist doch der Anzug, den dir die Fernsehleute gekauft haben, damit du in Monte Carlo nicht unangenehm auffällst. Mir haben sie eine komplette Glückliche-Braut-Ausstattung gekauft und Irwin eine komplette Glücklicher-Bräutigam-Ausstattung und dir einen neuen Anzug und Mom ein neues Kleid, damit ihr beide mitkommen konntet, um die zweiten Flitterwochen zu verleben, während wir die ersten machen.»

Harvey brütete über die Tragweite dieser Worte nach. «Ich zeigte erstaunlichen Scharfblick», sagte er sich, «als ich die Möglichkeit berücksichtigte, daß es irgendwo ein verflixtes Mißverständnis geben könnte. Ich frage mich, ob diese Mom zu den Müttern gehört, die man für die Schwestern, sogar die Zwillingsschwestern ihrer eigenen halbwüchsigen Töchter hält. Wenn man hier einen halben und dort vielleicht einen ganzen Zentimeter hinzufügt, weil die Zeit ja schließlich ihre berüchtigten Spuren hinterläßt ...» Dies war der letzte Funke von Harveys übermäßigem Optimismus; denn in eben diesem Moment sprach ihn von hinten eine Stimme an. «Henry», sagte sie, «du mußt komische Vorstellungen von Flitterwochen haben, wenn du hier mit Maureen im Foyer quatschst, während Irwin mit ihr tanzen gehen will und ich oben auf dich warte.»

Harvey fuhr herum und sah eine Dame in einem Kleid, das ziemlich offensichtlich bei einer Fernsehshow verschenkt worden war. Er mochte den Stil dieses Kleides nicht und noch viel weniger seinen Inhalt.

«Gütiger Gott!» dachte er. «Diese Dame könnte niemals jemandes Zwilling sein – es wäre einfach nicht genug Platz dagewesen. Was plötzlich außergewöhnlich und unvermeidlich zugleich erscheint, ist das Phänomen, daß mein verstorbenes Gegenstück dieselben Ideale gehabt haben muß wie ich, selbst in unserer barfüßigen Jugendzeit. In jenen nunmehr fernen Jahren muß diese Dame viel Ähnlichkeit mit der üppigen Miss Bjornstrom gehabt haben, die ich anbetete, als ich in der achten Klasse war. Man könnte sie immer noch als üppig bezeichnen, aber nur, wenn man einen schwächlichen Jünger von Mr. Gutzon Borglum im Sinn hat, der sich an einem kleinen übriggebliebenen Berg abmüht, oder, nach ihrem ziemlich ungeduldigen Gesicht zu urteilen, an einen nur leicht schlummernden Vulkan. Selbstverständlich könnte ich alles erklären, aber wenn ich es tue, wird es einen Ausbruch hervorrufen. Die Behörden werden tätig werden und ...»

«Hast du gehört, was ich gesagt habe, Henry?» erkundigte sich die Dame.

«Aber ja, Liebes», sagte er, «ich komme sofort.»

Ein alter Bekannter

In der Wohnung, die in einem fünften Stock des *huitième arrondissement* lag, herrschte ein respektabler Möbelpoliturgeruch. Der Pariser 40000-Franc-Haushalt riecht entweder immer so oder nach einem gewissen Parfum, das auf eine ganz andere Lebensweise hindeutet.

Monsieur und Madame Duprès, an sich vom Temperament her bewundernswert geeignet für die intimen Zärtlichkeiten einer aufreizend duftenden Behausung, hatten nichtsdestoweniger zwanzig Jahre ihres Lebens im strengen Aroma von Möbelpolitur vertrödelt. Der Grund war eine glühende, wenngleich uneingestandene Eifersucht, die beide Parteien früh bewogen hatte, sich selbst zu kasteien.

Monsieur war eifersüchtig, weil er den Verdacht hatte, Madame sei, als sie geheiratet hatten, nicht gänzlich frei gewesen von einem gewissen Bedauern. Madames Eifersucht glich eher der eines Geizkragens, der seinen Dienstboten unterbezahlt und deshalb an dessen Ehrlichkeit zweifelt. Es stimmt freilich, daß Monsieur sich bei den seltenen Gelegenheiten, wenn sie ins Café gingen, nach einem Exemplar von *La Vie Parisienne* umsah, und wenn darin ein Bild war, das ihn interessierte, pflegte sein Blick fünf Minuten lang ununterbrochen darauf zu verweilen.

Daher das unsinnliche Mobiliar des Pariser Puritanismus und daher seine wöchentlichen Salbungen mit den durchdringend riechenden Harzen der Achtbarkeit.

Jetzt kam im Schlafzimmer der Geruch von Medizin hinzu. Madame lag infolge einer schlichten Lungenentzündung im Sterben. Ihr Mann saß neben dem Bett, faltete sein Taschentuch in hoffnungsvoller Erwartung einer Träne auseinander und sehnte sich sträflicherweise nach einer Zigarette.

«Mein Lieber», sagte Madame schwach, «woran denkst du? Ich habe doch gesagt: ‹Kauf die Handschuhe bei Pascal. Dort sind die Preise nicht jenseits aller Vernunft.›»

«Meine Liebe», entgegnete ihr Mann, «entschuldige bitte. Ich dachte an alte Zeiten; wie wir, du und ich und Robert, zusammen ausgingen, bevor er nach Martinique ging, als wir heirateten. Was für gute Freunde wir doch waren! Wir hätten unsere letzte Zigarette miteinander geteilt.»

«Robert! Robert!» flüsterte Madame Duprès. «Ich wollte, du könntest zu meiner Beerdigung kommen.»

Bei diesen Worten fiel ein Lichtstrahl in einen lange vernachlässigten Winkel von Monsieurs Geist. «Bei allen Heiligen!» rief er, sich auf die Knie schlagend. «Dann ist es die ganze Zeit Robert gewesen?»

Madame Duprès gab keine Antwort; nur ein Lächeln, und sie verschied. Ihr Mann, der nicht recht wußte, was er tun sollte, küßte sie ein- oder zweimal auf die leblose Stirn, versuchte, am Bett niederzuknien, richtete sich auf und wischte sich die Knie ab. «Zwanzig Jahre!» murmelte er mit einem verstohlenen Blick in den Spiegel. «Jetzt muß ich den Arzt benachrichtigen, den Notar, den Bestattungsunternehmer, Tante Gabrielle, die Cousinen und Cousins, die Blanchards. Ich muß zum Rathaus gehen. Im Rathaus kann ich schlecht rauchen.»

«Ich könnte mir natürlich hier eine anstecken, aber wenn jemand kommt, würde er es merken. Es würde nach mangelndem Respekt vor der Toten riechen. Wenn ich vielleicht vor die Haustür gehen würde, nur für fünf Minuten ... Was sind schließlich fünf Minuten, nach zwanzig Jahren?»

Also ging Monsieur Duprès zur Haustür hinunter, wo er auf der Schwelle stehenblieb, die linde Abendluft spürte und den Rauch seiner lang ersehnten Zigarette einatmete. Beim ersten Zug breitete sich ein äußerst befriedigtes Lächeln auf seinen schwammigen Zügen aus.

«Ach, mein armer Monsieur Duprès!» sagte die Concierge, die plötzlich aus ihrer Loge kam. «Wie geht es Madame? Leidet sie?»

Seiner Zigarette und seines Lächelns bewußt, fand Monsieur Duprès, daß er kaum erklären könne, seine Frau sei eine Minute zuvor verschieden. «Danke», sagte er, «sie leidet nicht mehr. Sie schläft.»

Die Concierge versprühte Optimismus. «Immerhin», sagte sie, «ist Madame aus Angers. Sie kennen ja das Sprichwort über die Frauen aus Angers.»

Sie plapperte noch eine Weile weiter; Monsieur Duprès schenkte ihr keine Beachtung. «Ich gehe jetzt nach oben», dachte er, «und mache die traurige Entdeckung. Dann kann ich zurückkommen und dieser alten Kuh mit einem passenderen Gesicht gegenübertreten.»

«Und dann, mein Gott! Dann der Arzt, der Notar, die Vorbereitungen für die Beerdigung, Tanten, Cousinen, Cousins ... Die Zigarette ist schon aufgeraucht, und ich habe kaum gemerkt, daß ich rauche. In einem zivilisierten Land sollte man einen Trauernden mit seinem Kummer allein lassen.»

Die Concierge zog sich zurück, würde aber zweifellos zum erneuten Angriff wiederkommen. Monsieur Duprès fand, daß er eine zweite Zigarette gebrauchen könnte, aber diesmal eine unter besseren Bedingungen, die ihre lindernde Funktion ungehindert erfüllte. Sein nervöser Zustand erforderte einen Stuhl in einem bescheidenen Café, ein Glas Pernod vor sich und ringsum die wohltuende Caféhausatmosphäre, die unendlich besser duftet als Möbelpolitur.

«Eine Zigarette, ein Pernod», dachte Monsieur Duprès, «und dann ein gutes Essen! Ein gutes Essen erfordert ein Glas Cognac zum Abschluß; gut für die Verdauung, die Ärzte empfehlen es. Und doch – was ist schon ein Glas Cognac?»

«Ich will es dir sagen», sagte er zu einem vorbeigehenden Hund. «Das erste Glas Cognac ist nur nützlich. Es ist wie eine schöne Frau, die sich jedoch ausschließlich für wohltätige Zwecke aufopfert, zum Beispiel für Krankenpflege. Nichts ist bewundernswerter, aber man würde gern ihre Schwester kennenlernen. Das zweite Glas dagegen ist eben diese Schwester, genauso schön und mit ein bißchen Zeit für eine kleine harmlose Zerstreuung ... Zwanzig Jahre!»

Monsieur Duprès ging nach oben, seinen Hut zu holen.

Er beschloß, ins Victoire am Boulevard Montparnasse zu gehen. Dort hatten sie, er und sie und Robert, in den alten Studententagen immer gefeiert, wenn sie wieder mal flüssig waren. «Es wird sogar ein Akt der

Pietät sein», dachte er, «viel besser, als ihre Ruhe mit Ärzten und Cousinen zu stören. Und die *cuisine* war dort immer superb.»

Bald saß er gemütlich, mit einem gewaltigen Pernod vor sich, im Victoire. Jeder Schluck war wie eine Liebkosung und führte, wie eine Liebkosung, zum nächsten. Monsieur Duprès bestellte ein zweites Glas und erlaubte sich einen Blick in *La Vie Parisienne*.

«Kein Zweifel», sagte er sich, «das Leben ist das, was man daraus macht.» Auf der Suche nach ein wenig Rohmaterial sah er sich um. «Die beiden Mädchen da drüben», dachte er, «sind wahrscheinlich allzu harmlos. Ich frage mich, ob sie so kleine Sächelchen tragen wie auf diesem Bild.»

Seine Phantasie beschwor eine Szene herauf, die er unglaublich unterhaltsam fand. Er war gezwungen, durch die Nase zu kichern. Er empfand ein leidenschaftliches Verlangen, jemandem einen Klaps zu geben. «Was in aller Welt habe ich diese ganzen zwanzig Jahre getan?» dachte er. «Nichts!»

Er sah wieder hoch, um eine gewisse Art von Blick auf die beiden jungen Damen abzuschießen, die seine Phantasie angeregt hatten. Zu seinem Entsetzen bemerkte er, daß sie fort waren.

In der Hoffnung, daß sie lediglich den Tisch gewechselt hatten, blickte er sich im Café um und sah zu seiner namenlosen Überraschung, nur einige Stühle weiter, mit einem gewaltigen Pernod vor sich, niemand anderen als Madame Duprès persönlich, offenbar bei bester Gesundheit und mit ihrem grauen Hut.

Sie bemerkte seinen Blick sofort, preßte die Lippen zusammen und erstickte ein Lachen, das in ihr blubberte wie Sodawasser. Dann fixierte sie ihn mit Augen, so spöttisch wie Papageienaugen. Monsieur Duprès nahm sein Glas und beeilte sich, zu seiner Gemahlin zu gehen. «Meine Liebe», sagte er, «ich bin hierhergekommen, um mich ein wenig zu beruhigen.»

Madame gab keine Antwort, sondern leerte in einem Zug die zweite Hälfte ihres Glases, stellte es wieder hin und richtete den Blick starr darauf, bis ihr Mann dem Kellner winkte. «Noch einen Pernod», sagte er. «Das heißt, bringen Sie gleich zwei.»

Die Macht des Gewissens ist in kleinen Dingen so gewaltig, daß Monsieur Duprès, als er in dem Café entdeckt wurde, nicht umhin konnte, das Gefühl zu haben, seine Frau kenne seine geheimsten Absichten, auch jene hinsichtlich der beiden jungen Damen. Er rechnete mit einer Flut von Vorwürfen. Man kann sich vorstellen, wie erleichtert er war, als Madame ihren Blick auf die verständnisvollste Weise über dem Rand des Glases, dessen Inhalt zwischen ihren schelmisch gespitzten Lippen verschwand, auf ihn richtete.

«Marie», sagte er mit einem Lächeln, «vielleicht haben wir gewissermaßen zu kleinlich gelebt. Schließlich haben wir das zwanzigste Jahrhundert. Was für ein Prachtweib du in Wirklichkeit bist!»

Madame Duprès lächelte nachsichtig. In diesem Augenblick schwang die Tür heftig auf, und ein Mann kam herein, der sich nach allen Seiten umsah. Monsieur Duprès blickte den Mann an. «Unmöglich!» sagte er. «Wie ich gerade sagte, Marie, ich habe eine fabelhafte Idee. Bereite dich auf einen Schreck vor.»

Madame Duprès hatte den Ankömmling jedoch schon bemerkt. Sie lächelte freudig und winkte. Ebenfalls lächelnd, aber keine Überraschung zeigend, kam der neue Gast herüber.

«Robert!» rief Madame Duprès.

«Gott im Himmel!» rief Monsieur. «Es *ist* Robert.»

Keine Worte können das Glück dieser drei alten Freunde ausdrücken, die durch Erinnerungen zusammengeschmiedet wurden, auf die sich lediglich der Schleier von zwanzig Jahren gelegt hatte. Außerdem waren sie schon halb beschwipst; denn es war augenscheinlich, daß auch Robert sich bereits einen oder zwei *apéritifs* genehmigt hatte. «Toll, euch zu sehen!» sagte er zu Monsieur Duprès. «So klein ist die Welt! Man hat wirklich keinen Platz mehr, irgend etwas zu unternehmen.»

Monsieur Duprès reagierte ebenso unlogisch. Ihm fiel nichts anderes ein, als Robert auf die Schultern zu klopfen. Sie tranken noch eine Runde und gingen ins Restaurant auf der anderen Seite der Trennwand.

«Was habt ihr all die Jahre getrieben?» fragte Robert, als sie sich setzten.

«Nicht sehr viel», sagte Madame Duprès.

«Oho!» rief Robert, übers ganze Gesicht strahlend. «Ist das so? Wir werden einen lustigen Abend haben! Heute werden wir endlich den Wein trinken, den wir uns in den alten Zeiten nie leisten konnten. Weißt du, welchen Wein ich meine, Marie?»

«Den Hermitage», sagte Monsieur Duprès, der bereits seine Nase in die Weinkarte steckte. «Achtzig Francs! Warum nicht? Zum Teufel mit den achtzig Francs! Bei einem solchen Wein kommen einem alle möglichen Ideen. Zuerst Champagner. Warum nicht? Wie bei einer Hochzeit. Nur besser.»

«Bravo!» rief Robert. «Das hast du sehr gut ausgedrückt.»

«Was wollen wir essen?» sagte Monsieur Duprès.

«Seht in die Speisekarte, statt euch anzugucken, als wärt ihr von den Toten auferstanden. Wir sollten etwas Pikantes essen. Marie, wenn du Knoblauch ißt, muß ich auch Knoblauch essen. Ha! Ha! Ha!»

«Keinen Knoblauch», sagte Robert.

«Keinen Knoblauch», sagte Madame Duprès.

«Was?» sagte ihr Mann. «Du liebst doch Knoblauch.»

«Der Geschmack ändert sich eben», sagte Madame.

«Du hast recht», sagte ihr Mann. «Das sagte ich ja gerade, als Robert hereinkam. Ich wünschte, die Dessous-Läden wären geöffnet. Marie, ich würde dir gern ein kleines Geschenk kaufen. Etwas, das ich in einer Illustrierten gesehen habe. Mein Gott, wieviel Sündhaftigkeit es auf der Welt gibt! Die Luft scheint voll davon zu sein. Marie, wir haben unsere Zeit vergeudet. Da kommt der Champagner. Und nun ein Trinkspruch: Am Aschermittwoch ist alles vorbei!»

«Am Aschermittwoch ist alles vorbei!» riefen die beiden anderen, und in absoluter Hochstimmung stießen sie an.

«Warum sich schämen?» sagte Monsieur Duprès und lachte von Herzen. «Wir sind seit zwanzig Jahren verheiratet, Marie. Robert war in Martinique. Da unten sind die Leute schwarz. Na und?»

«Na und?» echote Madame, gab Robert einen Nasenstüber und kicherte unkontrolliert.

«Umarmt euch!» rief Monsieur Duprès plötzlich mit Stentorstimme. Er stand auf, um ihnen einen Arm um die Schultern zu legen. «Los! Gib ihr einen Kuß! Sie hatte in den alten Zeiten eine Schwäche für dich. Du hast es nicht gewußt, mein Junge. Aber *ich* weiß es. Ich weiß alles. Ich erinnere mich an unsere Hochzeitsnacht, ich dachte: ‹Sie hat eine Schwäche für einen anderen.› Zwanzig Jahre! Marie, du hast nie schöner ausgesehen als heute abend. Was ist zwanzig mal dreihundertfünfundsechzig?» Überwältigt von der ungeheuren Zahl, die dabei herauskam, brach Monsieur Duprès in Tränen aus.

Während er weinte, lehnten sich die beiden anderen, die ebenso betrunken waren wie er, über den Tisch, so daß ihre Köpfe mehrmals aneinander stießen, und lachten wie von Sinnen in sich hinein.

Als der Cognac kam, beruhigte Monsieur Duprès sich ein wenig. «Und jetzt», sagte er, «müssen wir die verlorene Zeit nachholen. Findet ihr nicht auch?»

«Vollkommen richtig», sagte Robert und küßte ihn auf beide Wangen.

«Sieh sie dir an», sagte Monsieur Duprès. «Eine Frau von vierzig. Oh, wenn nur diese kleinen Läden geöffnet wären! Robert, alter Freund, ich möchte dir etwas ins Ohr sagen.»

Robert hielt ihm das Organ hin, aber Monsieur Duprès war nicht imstande, die angekündigte Vertraulichkeit auszusprechen. Er konnte nur losprusten, was Robert zwang, seine Serviette als Handtuch zu benutzen.

«Zum Teufel mit deinen kleinen Läden!» sagte Robert. «Wir brauchen nichts. Es gibt Cafés, Bars, *bistros, boîtes,* Nachtklubs, Kabaretts, alles. Los, zum Boulevard, alle drei!»

Damit sprang er auf. Die beiden anderen folgten ihm mit unsicheren Schritten. Auf der Straße sahen die Passanten sie lächelnd an. Madames sittsamer grauer Hut rutschte ihr auf die Nase. Sie stupste ihn zurück, so daß er entsprechend weit auf den Hinterkopf rutschte. Sie hakten einander ein und fingen an, ein Lied über eine zerbrochene Kasserolle zu singen.

Sie gingen in einige Bars und kamen jedesmal vergnügter als zuvor heraus. Die Herren gingen in die Hocke, so daß ihre Mäntel auf dem Pflaster schleiften, und hüpften schlurfend weiter, um Zwerge zu imitieren, wie sie es in ihrer Studentenzeit getan hatten. Madame war derart aus dem Häuschen, daß sie sich kurz in das mitternächtliche Dunkel der kleinen Gasse zwischen der Rue Guillaume und der Avenue des Gascons zurückziehen mußte.

«Ich denke», hickste Monsieur Duprès, als sie zurückkehrte, «ich denke, es wird langsam Zeit, nach Haus zu gehen.»

Wortlos, aber nicht geräuschlos drückte Robert seine Verachtung für diesen Vorschlag aus. «*Mes amis*», sagte er, sich umdrehend und jedem von ihnen eine Hand auf die Schulter legend, während er sie mit einem abwechselnd komischen und flehenden Gesichtsausdruck ansah, «*mes amis, mes amis, pourquoi pas le bordel?*» Dabei wurde er von einem Anfall albernen Lachens überwältigt, das die anderen bald ansteckte.

«Schließlich leben wir im zwanzigsten Jahrhundert», gluckste Monsieur Duprès. «Außerdem müssen wir an unseren Freund Robert denken.»

«Gelegenheit macht Diebe», sagte Madame. «Es ist wie ein kleines Familientreffen.»

Also schwankten sie zu einem Etablissement mit dem Namen *Trois Jolies Japonaises*, dessen Personal zweifellos Kimonos getragen hätte, wäre es drinnen nicht so brütend heiß gewesen. Diese Hitze war Monsieur Duprès' Verderben. Sie hatten kaum an einem Tisch im unteren Salon Platz genommen, als er es nötig fand, sein

Gesicht an der gläsernen Tischplatte zu kühlen, und sofort fest einschlief.

Nach einer gnädigen Frist mußten ihn freundliche Arme zur Tür gebracht und dort vielleicht einen zarten Schubs gegeben haben, der seine Beine wie ein Uhrwerk in Bewegung setzte. Jedenfalls kam er irgendwie nach Haus.

Am nächsten Morgen erwachte er auf dem schmalen Sofa im Eßzimmer seiner Wohnung und roch wieder den erfrischenden Duft von Möbelpolitur. Er stellte fest, daß sein Kopf und Magen völlig durcheinander und sein Geist halb umnebelt waren. Er erinnerte sich nur dunkel, daß er letzte Nacht schrecklich gesumpft hatte.

«Gott sei Dank, daß ihr dies erspart geblieben ist!» dachte er und sah schuldbewußt zu der geschlossenen Schlafzimmertür. «Es hätte sie furchtbar aufgeregt. Oder ... bin ich verrückt geworden? Ist mir nicht so, als hätte ich sie gestern abend irgendwo gesehen? Was für ein Gift sie einem heutzutage vorsetzen! Trotzdem ... nein, es ist unmöglich.»

«Ich muß den Arzt anrufen», sagte er. «Und den Bestattungsunternehmer. Notar, Tanten, Cousinen, Cousins, Freunde, die ganze verdammte Sippschaft. Oh, mein armer Kopf!» Während er sprach, ging er zum Schlafzimmer, und nun machte er die Tür auf. Alles begann sich zu drehen, als er erkannte, daß sich die familiären Pflichten nun doch erübrigten. Das Bett war leer. Madame Duprès war fort.

Monsieur Duprès griff sich an die Stirn und taumelte aus dem Zimmer und eilte die fünf Treppen zur Pförtnerloge hinunter, wobei er mehr fiel als lief. «Madame!» rief er der erfahrenen Wächterin zu. «Meine Frau ist fort!»

«Ich habe sie gestern abend aus dem Haus gehen sehen», erwiderte die Concierge. «Ich sah ihren grauen Hut, kurz nachdem Sie gegangen waren.»

«Aber sie ist tot!» rief Monsieur Duprès.

«Unmöglich», erwiderte die Concierge. «Ich möchte Sie nicht beunruhigen, Monsieur, aber Madame ist aus Angers. Sie kennen ja das Sprichwort.»

Damit zog sie sich achselzuckend in ihr Kabuff zurück.

«Dann war es ein Komplott», rief Monsieur Duprès, «zwischen ihr und diesem widerlichen Robert! Ich wende mich besser an die Polizei.»

Er nahm die Straßenbahn zum Châtelet, und gerade als sie mit Höchstgeschwindigkeit dahinrumpelte, glaubte er die beiden, immer noch betrunken, bei helllichtem Tag, um eine Ecke in die Rue de Clichy torkeln zu sehen. Als er das Haltesignal gegeben hatte und zurückhastete, waren sie spurlos verschwunden.

Total fertig gab Monsieur Duprès sein Vorhaben auf und beschloß, nach Haus zu fahren und ein bißchen auszuruhen, und nahm ein Taxi, um schneller dorthin zu kommen. Das Taxi blieb in einem Verkehrsstau stekken, und aus dem Fond sah Monsieur ganz deutlich, in einem anderen Taxi, das am Kühler seines eigenen vorbeifuhr, seine Frau und seinen Freund, eng umschlungen, hemmungslos betrunken, als ob es ihn nicht gäbe. «Folgen Sie dem Taxi dort!» rief er.

Der Fahrer tat sein Bestes. Sie folgten dem Taxi den ganzen Weg zur Porte de Neuilly, nur um einen distinguierten älteren Herrn, wahrscheinlich einen Botschafter, aussteigen zu sehen.

Monsieur Duprès zahlte die Fahrtkosten, die nicht gering waren, und fuhr mit der Métro zurück. Er war gerade ausgestiegen, als er am anderen Ende zwei Leute einsteigen sah, die einige Schwierigkeiten mit der schmalen Tür hatten, weil sie einander um die Taille faßten. Er lief hin, aber da gingen die Türen des Zuges zu, und einen Moment später war er aus der Station gerollt.

Monsieur Duprès lehnte sich an die Wand. «Ist das nicht mein alter Freund Duprès?» fragte ein Herr, der eben auf den Bahnsteig gekommen war. «Ich sehe, er ist es. Guter Freund, fühlen Sie sich nicht wohl?»

«Das kann man wohl sagen», erwiderte Monsieur Duprès, völlig am Boden zerstört. «Meine Frau hat mich verlassen, mein lieber Labiche. Sie hat mich wegen Robert Crespigny verlassen, und sie führen sich überall in der Stadt skandalös auf.»

«Nein. Nein, mein lieber Freund», erwiderte der andere. «Ich flehe Sie an, beruhigen Sie sich. Wir Ehemänner sind manchmal noch mißtrauischer, als wir sein sollten. Crespigny kann Ihnen gar nicht Ihre Frau weggenommen haben, mein lieber Junge. Ich habe ihn erst vor drei Wochen gesehen, er war zurück aus Martinique und lag im Krankenhaus. Er ist eine Woche später gestorben. Dort unten müssen sie es unglaublich treiben.»

Überversichert

Alice und Irwin waren so schlicht und so glücklich wie nur ein Ehepaar in einem Familienfilm. Sie waren übrigens noch glücklicher; denn man hatte sie nicht dauernd im Auge, und ihre Freuden wurden nicht durch die Freiwillige Selbstkontrolle beschnitten. Es ist deshalb auch unmöglich, die innere Bewegung zu beschreiben, mit der Alice zur Tür eilte, um Irwin zu umarmen, wenn er von der Arbeit heimkehrte, oder das Entzükken, mit der Irwin ihre Liebkosungen erwiderte.

Es dauerte wenigstens zwei Stunden, ehe sie auch nur ans Essen dachten. Selbst dann brauchten sie noch eine lange Zeit, um die Mahlzeit auf den Tisch zu bringen, denn bei jedem Teller, den sie hineintrugen, mußten sie sich ein wenig tätscheln und streicheln, in den Nacken pusten, ins Ohrläppchen beißen, küssen und liebkosen.

Wenn das Essen endlich fertig war, aßen sie selbstverständlich mit größtem Appetit. Nichtsdestoweniger fand er die Zeit, das Beste, was auf seinem Teller lag, auf den ihren zu legen, und sie zögerte nicht, irgendeinen leckeren Bissen auszusuchen und zwischen seine begierigen und ziemlich ledrigen Lippen zu schieben.

Nach dem Dinner setzten sie sich in einen Sessel, buchstäblich wie zwei Vögel aus der Familie der Unzertrennlichen in ihrem Käfig, und er unterhielt sie mit einem ausführlichen Katalog ihrer Reize, was sie zu der höchstmöglichen Meinung von seinem Geschmack und Urteilsvermögen veranlaßte. Dieses Vergnügen dauerte freilich nicht sehr lange, denn sie hielten es für nötig, früh ins Bett zu gehen, um morgens frisch und gestärkt aufstehen zu können.

Es wäre eine langweilige und bleierne Nacht, in der er nicht wie sonst ein- oder zweimal erwachte und Licht machte, um sich zu vergewissern, daß sie nicht bloß ein köstlicher Traum war; sie blinzelte dann immer in den rosigen Schein und war nicht im mindesten verstimmt, auf diese Weise geweckt zu werden, und sie hatten ein sehr angenehmes kleines Gespräch und schlummerten bald wieder glücklich ein.

Es ist nicht wahrscheinlich, daß ein Ehemann, der seine Abende so zufrieden daheim verbringt, oft in Kneipen und Bars herumsitzt, wenn die tägliche Arbeit getan ist. Nur bei seltenen Gelegenheiten ließ Irwin sich überreden, und selbst dann pflegte er plötzlich an sein Herzblatt zu denken; wie mollig, wie weich, wie schön gerundet sie war, und er fing unvermittelt an zu hüpfen oder machte einen Luftsprung.

«Warum zum Teufel tust du das?» fragten seine Freunde dann. «Glaubst du, jemand macht dir Feuer unter dem Hintern oder so was?»

«Nein, nein», pflegte er ausweichend zu antworten. «Ich bin einfach in toller Stimmung. Ich muß mir irgendwie Luft machen.»

Dabei griente er wie ein Narr über das ganze Gesicht, verabschiedete sich hastig und lief, so schnell es ging, nach Haus, um sich der realen Existenz der zarten, der gerundeten, der süßen Einzelheiten zu vergewissern, aus denen seine anbetungswürdige kleine Frau bestand.

Bei einer jener Gelegenheiten eilte er so schnell nach Haus, wie seine Beine ihn tragen konnten, und vergaß, nach links und rechts zu blicken, ehe er über die Straße ging, als ein Taxi schnell um die Ecke kam. Zum Glück trat der Fahrer auf die Bremse; sonst wäre Irwin wie ein Kegel über das Pflaster geschossen und hätte sein Häschen womöglich nie wiedergesehen. Diese Vorstellung erschreckte ihn, und er war nicht fähig, sie aus seinem Geist zu verbannen.

Als sie an jenem Abend wie gewöhnlich zusammen in ihrem einzigen Sessel saßen, streichelte sie zärtlich seine irgendwie fahlen Kinnbacken, und er spitzte die Lippen wie ein eifriger Affe, dem eine Milchflasche gereicht wird, um Küsse auf ihre hin und her huschende Hand zu hauchen. Während dieses Zwischenspiels pflegte er alle Ereignisse des langen Tages zu berichten und besonders, wie sehr sie ihm gefehlt habe. «Das erinnert mich daran», sagte er, «daß ich mir beinahe selber für immer gefehlt hätte, denn als ich über die Straße ging, kam ein Taxi, und wenn der Fahrer nicht gebremst hätte, wäre ich wie ein Kegel über das Pflaster geschossen. Und dann hätte ich mein Häschen womöglich nie wiedergesehen.»

Bei diesen Worten zitterten ihre Lippen, und Tränen traten ihr in die Augen. «Wenn *du* mich nie wieder gesehen hättest», sagte sie, «hätte *ich* dich auch nie wieder gesehen.»

«Daran habe ich auch gerade gedacht», sagte Irwin.

«Wir denken immer das gleiche», sagte sie.

Das war freilich kein Trost; ihre Gedanken waren an jenem Abend unsäglich traurig. «Morgen», sagte Alice weinend, «morgen werde ich dich den ganzen Tag überfahren im Rinnstein liegen sehen. Ich bin sicher, daß es zuviel für mich sein wird. Ich werde mich einfach hinlegen und sterben.»

«Oh, ich wünschte, ich hätte es nicht erzählt», sagte Irwin. «Jetzt werde ich denken, du liegst zusammengekrümmt auf dem Kaminvorleger. Ich werde den Verstand verlieren oder sterben.»

«O nein!» rief Alice. «Jetzt werde ich denken, du stirbst, weil du denkst, ich könnte tot sein. Der Gedanke wird mich umbringen.»

«Nun ist es noch schlimmer», jammerte Irwin. «Angenommen, du stirbst, weil du denkst, ich bin gestorben, weil ... Es ist zuviel! Ich kann es nicht ertragen!»

«Ich auch nicht», sagte sie.

Sie umarmten sich sehr fest und tauschten Küsse, die von ihren Tränen ungemein salzig waren. Manche meinen, das sei eine spezielle Würze, die, wie bei Erdnüssen, den Wohlgeschmack herausbringt. Irwin und Alice waren zu überwältigt, um solche Feinheiten würdigen zu können; sie konnten nur noch denken, wie jeder von ihnen fühlen würde, wenn der andere plötzlich stürbe. Deshalb fanden sie die ganze Nacht kein bißchen Schlaf, und Irwin wurde der Freude beraubt, von seiner Alice zu träumen, und des Vergnügens, Licht zu machen und festzustellen, daß sie tatsächlich existierte. Sie mußte auf ihrer Seite der Freude entsagen, plötzlich in einen rosigen Schein zu zwinkern und zu sehen, wie er sich über sie beugte und sie mit Blicken verschlang. Als das Morgengrauen kalt und grau und nüchtern ans Fenster kroch, fühlte sich das unglückliche Paar infolgedessen selbst kälter und grauer und ernüchterter, als es sich seit der ersten Begegnung jemals gefühlt hatte.

«Alice», sagte Irwin, «wir müssen der Sache tapfer ins Auge sehen. Wir müssen uns dem stellen, was passieren könnte, und uns um den bestmöglichen Trost bemühen.»

«Mein einziger Trost wird sein, daß ich weine», sagte sie.

«Ja, meiner auch», sagte er. «Aber würdest du lieber in einer ungeheizten Dachkammer weinen und damit aufhören müssen, um aufzustehen und den Haushalt selbst zu machen, oder würdest du lieber in einer schönen Wohnung weinen, mit einem Nerzmantel und einer Menge Dienstboten, die dir das Essen bringen?»

«Ich würde mir lieber das Essen bringen lassen», sagte sie, «weil ich dann in einem fort weinen könnte. Und wenn ich einen Nerzmantel anhätte, würde ich mich nicht erkälten und mitten drin niesen.»

«Und ich würde lieber auf einer Segeljacht weinen», sagte er, «wo meine Tränen von der salzigen Gischt aufgenommen werden könnten, so daß man mich nicht für unmännlich hält. Versichern wir uns gegenseitig, Liebling, damit wir, wenn das Schlimmste eintritt, ohne Unterbrechung weinen können. Laß uns neun Zehntel unseres Geldes in Lebensversicherungen stecken.»

«Dann werden wir nur noch sehr wenig zum Leben haben», sagte sie. «Aber das ist um so besser, Liebster, weil es ein um so größerer Trost sein wird.»

«Das ist genau das, was ich dachte», sagte er. «Wir denken immer das gleiche. Ich werde noch heute die Policen ausstellen lassen.»

«Und laß uns», rief sie, «auch unser liebes Vögelchen versichern», und sie zeigte auf den gefiederten Käfiginsassen, den sie nachts nie bedeckten, damit seine leidenschaftlichen Triller ihre göttlicheren Wonnen auszeichneten.

«Du hast recht», sagte er. «Ich werde zehn Dollar für

den Vogel springen lassen. Sein Zirpen wird wie eine Perlenkette für mich sein, falls ich jemals allein übrigbleiben sollte.»

An jenem Tag verpflichtete Irwin sich, neun Zehntel seines Verdienstes zu investieren. «Wir sind arm», sagte er bei seiner Rückkehr, «aber wir haben uns. Wenn wir dieser Freude je beraubt werden sollten, werden wir wenigstens viele tausend Dollar haben.»

«Sprich nicht davon», sagte sie. «Geld macht nicht glücklich.»

«Übrigens», sagte er. «Laß uns essen. Ich war in der Mittagspause sehr sparsam, und ich bin heute abend ungewöhnlich hungrig.»

«Es wird nicht lange dauern», sagte sie. «Ich war auf dem Markt sparsam und habe ein neuartiges Lebensmittel gekauft. Es ist erstaunlich billig, und es enthält ein komplettes Alphabet von Vitaminen, genug, um eine ganze Familie eine Woche lang fit zu halten. Das steht jedenfalls auf dem Etikett.»

«Großartig!» sagte er. «Verlaß dich drauf; dein lieber, süßer, zarter, kleiner Stoffwechsel und mein großer, schroffer, tapsiger Stoffwechsel werden nach diesem Vitaminalphabet schon alle süßen kleinen Turtelworte finden.»

Keine Aussicht konnte verlockender sein, doch als die Tage vergingen, hatte es den Anschein, ihr Stoffwechsel werde nur ein klägliches Wortratespiel hervorbringen. Vielleicht war auch der Hersteller des Produkts von irgendeinem weltfremden Wissenschaftler irregeführt worden und hatte deshalb auf dem Etikett einen kleinen Fehler gemacht. Irwin wurde so schwach, daß er beim Gedanken an sein Herzblatt, sein zärtliches, sein köstlich gerundetes kleines Frauchen nicht länger in die Luft hüpfen konnte. Alice ihrerseits wurde so dünn, daß er keinen Grund mehr dazu hatte.

Ihre Strümpfe warfen nun abscheuliche Falten an ihren dürren Beinen.

«Ich glaube», dachte Irwin, «daß sie nicht mehr so begeistert wie früher gelaufen kommt, um mich zu begrüßen. Vielleicht ist es ebenso gut. Wie ungleich schöner, von einem Porterhouse-Steak begrüßt zu werden!»

Von diesem neuen, beunruhigenden Gedanken und dem Papp, das er aß, und den zahllosen finanziellen Sorgen, von denen die jungen Liebenden nun, wo sie neun Zehntel ihres Einkommens in Versicherungen steckten, zunehmend heimgesucht, verbrachte Irwin häufig schlaflose Nächte, aber er fühlte sich nicht länger gedrängt, Licht zu machen und sich am Anblick des geliebten Wesens zu laben. Das letzte Mal, als er es getan hatte, hatte sie sein Gesicht für ein Omelette gehalten. «Oh, du bist es nur», hatte sie gemurmelt und sich mürrisch auf die andere Seite gedreht.

Sie gaben dem Vogel von ihrem neuen Essen, und kurz darauf plumpste er auf den Rücken, steckte die Füße in die Luft und starb. «Immerhin bekommen wir fünfzig Dollar für ihn», sagte Irwin. «Und er ist nur ein Vogel.»

«Ich hoffe, wir denken nicht das gleiche», sagte Alice.

«Natürlich nicht», sagte er. «Wie kannst du nur so etwas meinen?»

«Ich tue es bestimmt nicht», sagte sie. «Wofür wollen wir das Geld ausgeben? Sollen wir einen neuen Kanarienvogel kaufen?»

«Nein», sagte er. «Laß uns etwas Größeres anschaffen. Laß uns ein großes, fettes Brathähnchen kaufen.»

«Sehr gut», sagte sie, «und Kartoffeln und Pilze und grüne Bohnen und Schokokuchen und Sahne und Kaffee.»

«Ja», sagte er. «Und Kaffee. Nimm einen guten, starken, bitteren Kaffee; einen, der das gewisse Etwas hat, du weißt schon.»

«Ich werde», sagte sie, «den besten, stärksten und bittersten nehmen, den ich bekommen kann.»

An jenem Abend brauchten sie nicht lange, um die Teller auf den Tisch zu bringen und sie zu leeren, als sie dort standen.

«Das ist zweifellos ein guter, starker Kaffee», sagte Irwin. «Und bitter.»

«Nicht wahr?» sagte sie. «Du hast nicht zufällig die Tassen vertauscht, während ich in der Küche war?»

«Nein, Liebes», sagte Irwin. «Ich habe mich eben gerade gefragt, ob du es vielleicht getan hast. Er scheint zweifellos das gewisse Etwas zu haben.»

«O Irwin!» rief Alice. «Ist es möglich, daß wir doch das gleiche gedacht haben?»

«Ich habe ganz den Eindruck», rief Irwin und sauste noch schneller zur Tür als in den alten Tagen, wenn er Kneipen und Bars so ungestüm verlassen hatte. «Ich muß zum Arzt.»

«Ich auch», sagte sie, ebenfalls nach dem Riegel tastend.

Das Gift wirkte jedoch äußerst schnell auf ihre geschwächten Körper. Noch während sie einander den Vortritt streitig machen wollten, fielen sie auf die Fußmatte, und der Briefträger kam und deckte sie mit Rechnungen zu.

So blind ist keiner

Seymour Johnstone hatte ein kleines Antiquitätengeschäft, das ihm einen bescheidenen Wohlstand hätte sichern können, aber er verbrachte mehr Zeit damit, von der Zukunft zu träumen, als die Vergangenheit zu studieren. Infolgedessen wackelten seine Finanzen genauso wie seine Stühle. Er war gezwungen, seinen Lunch in Cafeterias einzunehmen, wo er zu seiner Qual unter den Sandwiches und Kuchen mehr echte Antiquitäten entdeckte, als ihm jemals bei seinen wöchentlichen Fahrten aufs Land zu ergattern gelang.

Seymours Beschäftigung mit den künftigen Tagen bestand nicht aus sehnsüchtigen Träumen von gesellschaftlichem Aufstieg oder Weltraumflügen; sie war in gewisser Hinsicht einfach und praktisch. «An einem jener Tage», sagte er sich in häufigen Abständen, «muß meine liebe Tante Muriel zwangsläufig sterben.»

Die einzige Frage war: an welchem? Seymour war geneigt, ihr noch fünf Jahre zu geben. Er konnte sich dabei auf die Bibel berufen; denn seine Tante war Mitte Sechzig, aber es steckte auch ein wenig Wunschdenken dahinter. Seymour neigte dazu, die Augen vor Dingen zu verschließen, die ihm unangenehm waren, und er schaffte es, die unheilvolle Bedeutung ihrer Schlankheit, ihrer Vitalität und ihres perfekten Gebisses zu ignorieren.

Auch ihre geistigen Fähigkeiten waren intakt. Sie machte sich keine großen Illusionen über ihren Neffen. Immerhin war er der einzige Verwandte, den sie auf der Welt hatte. «Ich werde dir mein Geld hinterlassen», erklärte sie ihm, «denn Blut ist schließlich dicker als Wasser. Es mag stimmen, daß ich mehr habe, als ich brauche, aber es gefällt mir nun mal. Seymour, es hat keinen Zweck, mich um ein Darlehen anzuhauen.» Sie fügte einige Banalitäten über Arbeit und Charakter hinzu, die für einen jungen Mann mit künstlerischen Neigungen höchst beleidigend sein können, und Seymour kehrte nach New York und zu seiner Cafeteria zurück und beschäftigte sich mehr denn je mit der Zahl siebzig.

«Fünf Jahre sind eine lange Zeit», dachte er, als er sein Tablett auf seinen bevorzugten Tisch stellte. «Zum Glück habe ich die Art Gesicht, die lange jung bleibt.»

Er bevorzugte den Tisch, weil zufällig etwas rechts davon ein ziemlich großer Spiegel war, in dem er das fragliche Gesicht im Dreiviertelprofil, das er ebenfalls bevorzugte, prüfen konnte. Seymour liebte diese Seite seines Gesichts übrigens so sehr, daß er seinen Blick selbst dann darauf heftete, wenn er die andere rasierte, eine Leistung, die gewöhnlich nur Filmstars fertig bringen. Er musterte es in diesem Moment und war keineswegs enttäuscht. Ein Drittel Poet, schloß er, und zwei Drittel Diplomat – wobei der Poet natürlich einer von der gediegenen Sorte ist. Keine üble Kombination! Mit meinem Gesicht und ihren Dollars könnte ich eine Menge zustande bringen. Damit wandte er seine Aufmerksamkeit wieder seinem Lunch zu, das bereits kalt wurde.

Irgend jemand hatte eine kleine Zeitschrift zwischen dem Zuckertopf und der Papierserviettenbox steckengelassen. Seymour zog sie heraus und blätterte abwesend darin, während er aß. Es war eine jener fröhlichen kleinen Publikationen mit Artikeln wie «Wie ich lernte, mit meiner Elefantiasis zu leben» und «Sex nach siebzig?» Seymour zuckte vor den recht eingehenden Erinnerungen einer Dame zurück, die sich aus Teilen ihres eigenen Körpers ein neues und attraktives Gesicht hatte machen lassen. Operationen dieser Art waren für Seymour einzigartig geschmacklos. Er liebte sein Gesicht und seine Haut so über die Maßen, daß der bloße Anblick von Worten wie *transplantieren* und *Narbengewebe* sein Hirn veranlaßte, sich zu einem harten, keines Gedankens fähigen Knoten zusammenzuziehen, der sich nur allmählich löste; was ihm die Gelegenheit gab, einen oder zwei beruhigende Blicke in den Spiegel zu werfen. Sie stellten sein Gleichgewicht schnell wieder her. Und alles vergessend, was er nicht bedacht haben mochte, eine Leistung, die letzten Endes nicht sehr schwer ist, wandte er sich wieder der Zeitschrift zu. Glücklicherweise hatte der nächste Beitrag den schlichten und unzweideutigen Titel «Wie lange werden Sie leben?» Da das so ziemlich sein Thema war, fing er an, aufmerksam zu lesen.

Es war einer dieser überaus ermutigenden Artikel, die uns jeden Monat unter einer anderen Überschrift die frohe Botschaft bringen, daß wir in Anbetracht der Vorgabe der Lebenserwartung ebensowenig vom Tod eingeholt werden wie die Schildkröte von dem flinken Achilles. Bei diesem speziellen Hindernislauf sind alte Damen die heißesten Favoriten, und Seymours Wangen erbleichten, als er die Aufstellung las. Sie zeigte, daß das von ihm erwartete Dahinscheiden seiner Tante, auf das er sich uneingeschränkt verlassen hatte, nichts als eine

Fata Morgana war, die vor ihr und ihm in unendliche Fernen zurückwich. Bei ihrer Geburt, stellte er fest, hatte sie die Aussicht gehabt, fünfundsiebzig Jahre und etwas zu leben, eine Zahl, gegen die er keinerlei Einwände hatte. Mit siebenundfünfzig hätte sie damit rechnen können, siebzig zu werden, ein Zeitraum, den zu ertragen er seinen Geist trainiert hatte – vorausgesetzt natürlich, damit hätte der Spuk ein Ende. Aber hier kam ein doppelter Spuk, denn mit fünfundsechzig hatte sie praktisch die Gewißheit, ihren vierundsiebzigsten Geburtstag feiern zu können, und mit vierundsiebzig konnte sie voll Zuversicht dem einundachtzigsten entgegensehen, der wiederum ein sehr gutes Sprungbrett zum siebenundachtzigsten sein würde, von dem es dann hoppla und im Handumdrehn auf ... Aber an diesem Punkt konnte Seymour nicht mehr.

Seine bebenden Hände ließen die Zeitschrift in sein vernachlässigtes Tagesgericht – Montag – fallen. Er sah unwillkürlich zu der Dreiviertelansicht seines Antlitzes im Spiegel, ein Anblick, der selten versäumt hatte, seine Lebensgeister zu wecken. Diesmal fand er ihn jedoch so mitleiderregend, kränklich und bejammernswert, daß er schnell den Blick abwandte und statt dessen ins Leere starrte. Das heißt, er starrte vielmehr in die Zeit, blickte ohne Hoffnung die endlose Rennbahn der Jahre hinunter, die seine unsterbliche Tante für ewig entlangsprintete, wobei ihr Vorsprung vor dem grimmigen Verfolger immer kleiner wurde, aber nie ganz schwand. Man kann nicht allen gefallen; der Verfasser des Artikels erfreute sich fraglos der größten Beliebtheit bei Tanten, aber diesen bedauernswerten Neffen hatte er nur zutiefst deprimiert und mit Abscheu erfüllt.

Mehr noch, die böse kleine Zeitschrift war noch nicht

fertig mit Seymour. Als er seinen haßerfüllten Blick endlich wieder auf sie richtete, stellte er fest, daß sie sich, als sie auf den Teller fiel, weiter hinten geöffnet hatte, wo irgend jemand einen Umschlag als Lesezeichen hineingetan hatte. Ein Umschlag kann immer Geld enthalten, und Seymour, der keine andere Rettung mehr sah, der enterbt in Armut zu versinken drohte, umklammerte diesen wie einen Strohhalm. Doch o weh, er sah bald, daß er vom Kraftfahrzeugamt der Stadt Sacramento in Kalifornien kam. Nun ist das Kraftfahrzeugamt jeder Stadt weniger bekannt dafür, Geld zu schicken, als dafür, Geld einzunehmen, und so enthielt der Umschlag aus Sacramento auch nichts als einen einfachen, gewöhnlichen Führerschein. Das hätte man normalerweise gedacht, aber Seymour, dessen Verstand durch die verzweifelte Lage, in der er sich befand, geschärft war, dachte: Nein, so etwas!

Nein, so etwas! dachte Seymour. Mein eigener Führerschein langt eigentlich, aber vielleicht – *bestimmt* – hat es etwas zu bedeuten, unvermutet in den Besitz des Führerscheins eines anderen und besonders des Führerscheins von Mr. Antonio Bertani zu kommen.

Mr. Antonio Bertani, fuhr unser Held fort, während er den Führerschein mit wachsendem Interesse studierte, hat braune Augen und schwarze Haare wie ich; er ist 1,73 Meter groß und wiegt 81 Kilo. Er ist zwei Zentimeter kleiner als ich und viereinhalb Kilo schwerer; seine Augenbrauen sind zweifellos bemerkenswerter. Kleine Unterschiede dieser Art sind ein Vorteil – sogar ein wesentlicher. Man bedenke, es gäbe diese kleinen Unterschiede nicht! Wie ich sehe, ist er neun Jahre älter als ich – noch eine Lücke, die weder zu breit noch zu schmal ist. Ich möchte wissen, welche Lebenserwartung er hat. Ich möchte wissen, ob die von Tante Muriel so groß ist, wie diese widerliche kleine Zeitschrift mich glauben macht.

Nichts ist angenehmer, als vor seinem inneren Auge eine große und vielschichtige, bis ins letzte ausgearbeitete Idee zu haben, die keines weiteren Nachdenkens, sondern nur noch einer Art bequemen Auspackens bedarf, wie ein riesiges Weihnachtspaket voller erfreulicher Überraschungen. Seymour beschwor ein Bild von Mr. Bertani herauf, das ihn, obgleich als solches nicht schön, unendlich froh stimmte. Dabei suchte sein Blick sein wiederbelebtes Dreiviertelprofil im Spiegel, und er kostete den Gegensatz zwischen diesem und dem anderen Bild aus.

«Der gute Bertani», sagte er zu sich, «oder vielleicht sollte ich sagen, der böse Bertani; denn diese Situation hat etwas von einem Dr. Jekyll und Mr. Hyde ... Wie dem auch sei, der böse, der durchtriebene Bertani kann beim Vorzeigen dieses Führerscheins ins Leben gerufen werden. Der moderne Staat verlangt nicht, daß ein Mann Persönlichkeit, Geschmack, irgendwelche Charakteristika hat; er verlangt einen Reisepaß, eine Sozialversicherungskarte, einen Führerschein. Sie weisen einen aus; durch sie existieren wir. Hier, auf dieser kleinen, schwarzen und grauen Karte, wie ein Flaschenteufel, ist Bertani. Ich werde den Korken herausziehen, und er wird genau das tun, was ich ihm sage.»

Er hätte kaum einen besseren Namen haben können, sann Seymour. Bertani läßt auf italienische Ahnen schließen. Eine Reihe schlecht angepaßter Bürger dieses Ursprungs haben sich, vielleicht von ihren Müttern nicht genug geliebt, auf eine Weise benommen, die den

Mann auf der Straße veranlaßt, einen italienisch klingenden Namen mit dem Beruf eines Gangsters zu verbinden. Der durchtriebene Bertani, der leicht für einen Gangster gehalten werden kann (in diesem Fall sogar mit einigem Recht, denn ich habe allen Grund, ihn für einen mörderischen Schurken allererster Ordnung zu halten), hat wahrscheinlich einen sehr blassen Teint, während meiner frisch und rosig ist. Ich bin prinzipiell gegen Perücken, falsche Schnurrbärte und dergleichen Mumpitz, aber ich bin nicht kleinlich. Ich könnte mich durchringen zu einer dezenten kleinen Gesichtslotion, die mit einem feuchten Schwamm aufgetragen und entfernt werden kann.

Die ganze Zeit sah Seymour auf sein Ebenbild im Spiegel, das seinen Blick nun mit einem lebhaften, wissenden und spöttischen Ausdruck erwiderte, als wollte es sagen: Du und ich, wir verstehen einander mehr, als jeder andere es könnte.

Dieser abscheuliche Bertani, fuhr unser Freund alsdann, berauscht von seinem langen Blick auf den Narziß etwas rechts von ihm, fort, dürfte ganz im Gegensatz zu mir immer ein bißchen unrasiert aussehen – ein drohender bläulicher Schatten um die Wangenknochen. Auch seine Hände dürften merklich schmutzig sein, und er wird einen oder zwei Ringe von einer Sorte tragen, die ihn hundert Meilen von einem Menschen meines wohlbekannten Geschmacks und Stils trennt. Ich denke, niemand, der eine Beschreibung dieses unappetitlichen Individuums hört, dürfte es irgendwie mit Seymour Johnstone in Verbindung bringen.

Ich werde an den mittleren Wochentagen weiterhin in meinem Geschäft gesehen werden, und von Freitag bis Dienstag, wenn ich immer die Umgebung nach Antiquitäten abklappere, wird der elende Bertani mit allen äußeren Anzeichen eines zurückgezogenen Revolverhelden in seinem kleinen Schlupfwinkel in irgendeinem nicht mehr ganz astreinen Dorf in, sagen wir, New Jersey, auftauchen. Er wird ein Auto haben, und es wird auf den Namen zugelassen sein, der in seinem Führerschein steht. Er wird die mittleren Wochentage nicht in seiner abgelegenen Hütte weilen, und die Nachbarn werden über dieses Fernbleiben reden. Es besteht jedoch keine Notwendigkeit, eine sehr plausible Erklärung dafür zu finden, weil Männer von dieser gefährlichen Sorte mit Recht Gegenstand des Mißtrauens sind. Was schert es mich, wenn man Mr. Bertani mißtraut? Was schert es mich, was aus diesem bösen Mann wird, dessen ganze Existenz dem Mord an meiner heißgeliebten Tante geweiht ist?

Damit stand Seymour auf und verließ die Cafeteria, um sich mit erheblich größerem Eifer als zuvor dem Verkauf seiner gesprungenen Porzellanhunde und wakkeligen Stühle zu widmen. In überraschend kurzer Zeit hatte er etwa fünfzehnhundert Dollar angesammelt, eine Summe, die er ausreichend fand, um sein Vorhaben durchzuführen. Ein blasses, stämmiges Individuum mit schmutzigen Händen erschien in dem Dorf Bowview, New Jersey, wo es eine abgelegene Hütte mietete. Es kaufte bei einem Gebrauchtwagenhändler im Nachbarort Plainfield einen fünf Jahre alten Ford, und dieses Auto wurde auf den Namen zugelassen, der in seinem Führerschein stand, den man wiederum mit seiner neuen Anschrift versah.

So wurde Mr. Antonio Bertani ins Leben gerufen und war bald für die Nachbarn ein Gegenstand des Mißtrauens.

Sein Hut war ein gewöhnlicher schwarzer Stetson, aber er hatte etwas an sich, das Furchtsame bewegen konnte, die Hände zum Himmel zu heben, ohne daß ein Wort gefallen war. Seine Zigarre war von einer wohlbekannten Marke, hing aber in einem solchen Winkel herunter und war so zerkaut, daß ihr bloßer Anblick genügt hätte, eine empfindliche Alarmanlage auszulösen. Ein einzigartig treffendes Merkmal war sein kleiner Backenzahn oben rechts. Seymour hatte diesen Zahn in seiner Collegezeit bei einem Football-Spiel verloren, als ein rücksichtsloser Spieler den Ball auf die dritte Tribünenreihe warf, und er war durch einen künstlichen, an einem Gaumenplättchen befestigten Zahn ersetzt worden. Er war inzwischen mit der Prothese in der Tasche ganz nach Chicago gereist und hatte dort ein neues Plättchen in Auftrag gegeben, welches dem alten aufs Haar gleichen sollte, außer daß der künstliche Zahn aus Gold war. In Chicago, wo man keine Fragen stellt, wenn jemand im voraus bezahlen kann, war das ein völlig alltäglicher Vorgang.

Mr. Bertani ließ die wenigen Nachbarn abblitzen, die ihn in ein Gespräch verwickeln wollten, und beschränkte sein Erscheinen in der Öffentlichkeit auf einen wöchentlichen Besuch im Laden, wo er auf eine Weise lächelte, die weniger seine Liebenswürdigkeit als seinen blitzenden kleinen Backenzahn oben rechts bewies. Er kaufte bemerkenswerte Mengen von Spaghetti und Salami. Jedermann im Dorf wußte, wer Mr. Bertani war, und doch wußte niemand, wer Mr. Bertani war, obwohl viele dachten, sie könnten es erraten. Das ist vielleicht nicht sonderlich klar, aber es ist genauso klar, wie Seymour es wünschte.

Man könnte durchaus fragen, wie er es, wo er Bertani

soviel Zeit schenkte, trotzdem schaffte, seine Antiquitäten zu erstehen. Die Antwort lautet, daß er an seinen früheren Wochenenden faul und ziellos herumgefahren war und nun in ein paar anstrengenden Stunden mehr einkaufte als vorher in zwei oder drei Tagen. Man kann oft beobachten, daß Leute, die den steilen, schmalen und dornigen Pfad des Verbrechens einschlagen, weit mehr Energie und Einfallsreichtum auf ihre Einbrüche, Fälschungen und Morde verwenden, als nötig gewesen wäre, um auf der breiten und glatten Straße des Bankgeschäfts, der Werbung oder des Antiquitätenhandels ein ansehnliches Vermögen zu machen. Dieser Gedanke bewegte Seymour häufig, doch er musterte lediglich sein Dreiviertelprofil im nächsten Spiegel – er trug gerade die Prothese mit dem weißen Zahn – und tauschte ein poetisches und diplomatisches Lächeln mit ihm. In Wahrheit ist das Verbrechen nämlich eine Kunst, so unendlich faszinierend und köstlich, daß jemand, der die Würze seines wilden Honigs erfahren hat, nie wieder Geschmack an den faden und leicht gewonnenen Millionen der Tugend finden kann. Also mied Seymour Zerstreuungen, arbeitete hart und freute sich auf die bevorstehende Vollendung seines Meisterstücks.

Miss Muriel Drummond, für die Blut dicker war als Wasser, lud ihren Neffen immer ein, das lange Osterwochenende in ihrem Haus in Connecticut zu verbringen. Da Seymour weder ein Vampir noch Abstinenzler war, machte er sich wenig genug aus den beiden Flüssigkeiten, zwischen denen seine Tante so sauber unterschied; seine Vorliebe ging mehr in Richtung eines Scotch on the rocks. Er hatte die Einladung jedoch immer angenommen, weil er das Gefühl hatte, bis zu einem gewissen Grad könnte sein Erbe daran hängen. Dieses Jahr war er dessen absolut sicher.

Miss Drummonds Haus stand in einem ausgedehnten Garten an einer kleinen Nebenstraße mehrere Meilen hinter Norwalk. Auch andere behagliche Heime waren in dieser Gegend verstreut, die nur wenig mit Suburbia zu tun hatte, und jedes von ihnen war ein gutes Stück von seinen Nachbarn entfernt und in beruhigender Entfernung zur Straße. Neben Miss Drummonds Haus waren ein paar Hektar Buschwald, durch den ein Feldweg führte, auf dem im Sommer oft Liebespaare parkten, um den schreienden Ziegenmelkern zu lauschen und über die kurzen Ausstrahlungen der Leuchtkäfer zu staunen. Da jetzt aber Ende März war und schlechtes, windiges, nasses Wetter herrschte, würden sich kaum Liebespaare oder Ziegenmelker oder Leuchtkäfer zeigen.

An diesem denkwürdigen Karfreitag entschuldigte sich Seymour kurz nach dem Lunch unter einem plausiblen Vorwand. «Ich habe gehört», sagte er, «daß in einem Farmhaus in New Jersey eine ganz vielversprechende Kommode stehen soll, und ich denke, ich fahre kurz hin und sehe sie mir an. Ich werde den Zug nehmen; meine Bremsen sind für dieses Wetter nicht mehr gut genug, und ich kann mir nicht leisten, sie reparieren zu lassen. Es gibt einen Anschluß, der mir erlaubt, rechtzeitig zum Dinner zurück zu sein.» Seine Tante lobte seinen beruflichen Eifer, ignorierte aber die Anspielung auf seine Armut. Seymour begrüßte diese Demonstration herzloser Gleichgültigkeit; er hatte sie sogar provozieren wollen. Ich habe ihr jedwede Chance gegeben, dachte er, und jetzt kann sie niemandem Vorwürfe machen außer sich selbst.

Er versäumte keinesfalls, in dem Farmhaus anzurufen, das eine kurze Busfahrt von Bowview entfernt lag. Er traf dort um fünf Uhr ein, ging zu Mr. Bertanis abgelegener Hütte und fuhr bald mit dem fünf Jahre alten Ford davon. Ein paar Stunden später näherte er sich wieder dem Haus seiner Tante. Als er den kleinen Wald erreicht hatte, setzte er das Auto einige Meter auf den Feldweg zurück an einen Platz, wo die Tropfen von den Bäumen den Boden in einen veritablen Morast verwandelt hatten. Dort manövrierte er ein bißchen vor und zurück, um eine Stelle zu finden, wo die Hinterräder sich in dem schmierigen Schlamm drehten, ohne zu fassen. Als er den Wagen gut festgefahren hatte, kehrte er zum Haus zurück.

In Gesellschaft seiner Tante nahm er ein Dinner zu sich, das aus Hühnerkleinsuppe, Lammbraten, neuen Kartoffeln, jungen Erbsen und Zitronenmeringue bestand und mit einer Flasche Rotwein aus Kalifornien hinuntergespült wurde, den die unschuldige alte Dame mit dem größten Vergnügen nippte und beschnupperte. Nach dem Essen spielten sie mehrere Partien Gin-Rommé, von denen er sie die meisten gewinnen ließ. Er ging sogar so weit, seine Spielschuld zu begleichen, wobei er sich über ihre Genugtuung amüsierte und auch über den Gedanken, daß das Geld bald mit Zins zu ihm zurückkehren würde.

Kurz nach zehn schützte er Müdigkeit vor und zog sich in sein Zimmer zurück, so daß sich seine Tante für ein letztes Stündlein mit *Bonjour Tristesse*, seinem bescheidenen Ostergeschenk für sie, an den Kamin setzte.

Um viertel vor elf nahm Seymour Mr. Bertanis Führerschein, musterte ihn liebevoll und ging sogar so weit, seine Lippen mit einem sentimentalen Lebewohl darauf zu drücken. Dann riß er ein Streichholz an, verbrannte diesen Freund und beseitigte seine Asche bis zum letzten Stäubchen. Er zog ein paar Gummihandschuhe an und nahm eine Pistole, die Mr. Bertani durch dunkle, aber auffindbare Kanäle erworben hatte, und ein Blatt Papier, auf das mit der Schreibmaschine in Mr. Bertanis Hütte eine Mitteilung getippt war. Diese beiden Dinge nahm er mit nach unten ins Wohnzimmer, wo er zu Miss Drummonds Schreibsekretär schritt und das Blatt in eines der kleinen Fächer steckte.

«Was machst du da, Seymour?» fragte seine Tante überrascht. «Was tust du in meinen Sekretär?»

«Oh, nur einen Brief», sagte er und überraschte sie noch mehr, indem er beim Reden ein Fenster öffnete. «Darin steht, daß dies die letzte Warnung ist. ‹Zahlen Sie bis Ostern›, steht darin. ‹Oder ...› Aber keine Sorge, Tante Muriel, du wirst pünktlich sein.» Damit zog er, während sie ihn noch mit offenem Mund anstarrte, die Pistole und schoß sie mausetot.

Nun war es Zeit, schnell zu handeln. Er steckte die Pistole und die Gummihandschuhe ein und ging schnell und geräuschlos zur Tür und auf die Diele und die Treppe halb hinauf. Bald hörte er ein Geschrei von den beiden Hausmädchen, und als sie zitternd durch die Tür des Dienstbotentrakts kamen, sauste er die Treppe hinunter.

«Was war das?» rief er. «Ein Schuß? Nein! Das kann nur ein Auto gewesen sein, das eine Fehlzündung hatte.» Während er sprach, riß er die Wohnzimmertür auf und stieß einen entsetzten und verzweifelten Schrei aus. «Da!» rief er, während sich die Mädchen noch in der Mitte der Diele aneinanderdrückten. «Oh, meine arme Tante! Da! Ich sehe ihn! Auf der Zufahrt! Ein

Mann! Ich werde ihn mir schnappen!» Und ohne innezuhalten, um wenigstens den Schürhaken als Waffe zu ergreifen, sprang der heldenhafte Seymour durch das Fenster und rannte die Zufahrt hinunter durchs Tor.

Die Straße ging er bedeutend langsamer entlang, bis er den kleinen Wald erreichte, wo Mr. Bertanis Auto in dem Schlammloch steckengeblieben war. Er stieg ein, hüllte eine Hand in sein Taschentuch, zog die Pistole aus der Tasche und legte sie auf den Beifahrersitz, startete den Motor, ließ die Räder ein paarmal durchdrehen, sprang dann heraus und eilte zum Haus zurück.

Seine Tante lag immer noch grotesk verrenkt in ihrem Sessel. Die Mädchen waren immer noch hysterisch. Seymour tat das Naheliegendste; er nahm den Hörer ab und rief die Polizei an. Diese kam mit löblicher Bereitwilligkeit und in großer Auswahl. Bald wurde Seymour von einem Lieutenant in Uniform und einem Detective in Zivil vernommen. Noch blaß und fahrig vor Schreck und Kummer, brachte er es fertig, zusammenhängend zu berichten, wie er den Schuß gehört habe, nach unten gelaufen sei, den fliehenden Eindringling kurz gesehen habe und ihm gefolgt sei. «Aber als ich am Tor war», sagte er mit einem schwachen Lächeln der Selbstverachtung, «habe ich leider Angst bekommen. Mir fiel ein, daß er eine Schußwaffe hatte, und ... na ja, ich hatte Angst.»

«Und was geschah dann, Mr. Johnstone?» fragte der Mann in Zivil.

«Na ja, ich ging langsamer», sagte Seymour. «Ich blieb sogar ungefähr eine Minute stehen, mitten auf der Straße. Dann hörte ich, wie im Wald ein Auto angelassen wurde. Ich ging also weiter ... aber nicht sehr schnell, fürchte ich.» Hier hielt er inne, weil er das Gefühl hatte, daß eine Pause angebracht sei.

«Haben Sie das Auto gesehen, als es herauskam?» fragte der Lieutenant.

«Es kam gar nicht heraus», sagte Seymour nur. Er spürte, daß er sein Publikum fesselte.

In der Tat. «Was meinen Sie damit, es kam gar nicht heraus?» fragte der Lieutenant.

«Ist es noch da?» fragte der Detective scharf.

«Ja», sagte Seymour. «Ich konnte hören, wie der Motor auf Vollgas gebracht wurde, und ...»

«Erzählen Sie unterwegs weiter!» sagte der Detective und sprang auf.

Unterwegs erzählte Seymour ihnen, wie er sich vorsichtig dem Auto genähert und es unbeleuchtet, leer und im Schlamm steckengeblieben gefunden hatte, ohne seinen Insassen. «Ich fürchte, ich bin ein paarmal drumherum gegangen», sagte er. «Ich wußte kaum, was ich tat. Hoffentlich habe ich keine Fußspuren unkenntlich gemacht.»

«Die besagen nicht viel», sagte der Lieutenant. «Aber wenn er dieses Auto nicht irgendwo geklaut hat, haben wir ihn praktisch schon. Er muß gemerkt haben, daß Sie ihn sahen, Mr. Johnstone, weil er sonst bestimmt ein paar Zweige oder Steine oder irgend etwas gesammelt hätte, um es unter die Räder zu legen. Sie haben ihn in Panik versetzt.»

«Nicht so sehr wie er mich», sagte Seymour bescheiden.

«Sie haben richtig gehandelt», sagte der Lieutenant. «Selbst wenn das Auto geklaut ist, haben wir seine Knarre. Also wird der Bursche so oder so nicht weit kommen.»

Bald traten sie wieder ins Haus. Einer der anderen Polizisten kam ihnen auf der Diele entgegen und schwenkte ein Blatt Papier. «Ein Drohbrief», sagte er. «In ihrem Sekretär.»

Der Detective nahm es, las es und zeigte es dem Lieutenant und dann Seymour, der es mit dem Gesicht eines Mannes anstarrte, welcher seinen Augen nicht traut. «Hat Ihre Tante Ihnen denn nicht erzählt, daß sie so etwas bekommen hatte?» fragte der Detective.

Seymour dachte, daß der Bursche ganz gut für die Rolle besetzt sei. Er war ein korrekter, ziemlich mürrisch aussehender Mann mit dem Gehabe eines Bankangestellten, der im Begriff war, einen Darlehensantrag abzulehnen. Doch ich habe es schließlich nicht mehr nötig, dachte Seymour, ein Darlehen zu beantragen. Er kostete diese Überlegung aus, während er, als sei er total verwirrt, den Kopf schüttelte.

«Nein», erwiderte er. «Sie hat kein Wort davon gesagt. Aber ich kann einfach nicht glauben, daß meine Tante etwas zu verbergen hatte. Sie war der letzte Mensch auf dieser Welt, der irgendein dunkles Geheimnis gehabt haben könnte; jeder, der sie gekannt hat, wird Ihnen das bestätigen. Und trotzdem wurde sie bedroht oder erpreßt oder was auch immer! Ich begreife es einfach nicht. Vielleicht hat sie es ihrem Anwalt gesagt oder jemand anderem. Oder vielleicht dem FBI. Vielleicht ist sie von ihnen gewarnt worden, es keinem Menschen gegenüber zu erwähnen.»

«Das können wir morgen früh prüfen», sagte der Detective mit seiner ständig unbefriedigten Miene.

Ich muß diese freudlose Seele für mich einnehmen, dachte Seymour. Ich muß dafür sorgen, daß er mich mag. Es ist zwar nicht notwendig, aber es wäre ein netter Zug.

Das sagte der Poet in ihm; dann kam der Diplomat an

die Reihe und kooperierte ernsthaft während einer langen und wiederholungsreichen Vernehmung. Er demonstrierte geziemenden Kummer, männliche Beherrschung und dann und wann nur einen Hauch des bewundernden Interesses, das der Laie für die Methoden eines richtigen Detective hegt. «Es ist so ganz anders», bemerkte er später, als die lange Sitzung auf Gesprächsebene abgeglitten war, «es ist so ganz anders als das Zeug, das man in Büchern liest.»

«Mr. Johnstone», erwiderte der Detective, plötzlich ein Mann und Bruder, «wenn Sie zufällig einen Freund beim schreibenden Gewerbe haben, könnte ich ihm ein paar Dinge erzählen, die ihn sicher interessieren würden. Ich kann Ihnen ruhig sagen, daß ich selbst einen Haufen Zeug habe, das ich früher mal zusammengeschrieben habe. Natürlich nur Notizen, aber es wäre mehr als genug Material für ein Buch oder einen Film.»

Da ist mein Mann! dachte Seymour, und er blickte über seine rechte Schulter auf sein zustimmendes Bild im Spiegel über dem Büfett. «Ich werde es mir merken», sagte er zu dem Detective. «Ein Buch über die wirklich raffinierten Verbrechen, die Sie aufgeklärt haben – das ist genau das, was diese Schreiber nicht erfinden können. Aber Sie wären natürlich nicht imstande, auch das raffinierteste von allen zu beschreiben.»

«Wieso nicht?» fragte der Detective.

«Weil Sie es nicht aufgeklärt hätten», sagte Seymour lächelnd.

«Nun, wir werden sehen, wie raffiniert dieser Bursche war», sagte der Detective. Dann wünschte er Seymour eine gute Nacht und versprach, ihn auf dem laufenden zu halten.

«Er wird sehr schnell wiederkommen», dachte Seymour. Er wird mir stolzgeschwellt erzählen, daß er die Spur des Autos verfolgt hat. Danach wird er Bertani aufspüren müssen, und dann werde ich diesen hervorragenden Kriminalbeamten zweifellos nicht mehr oft zu Gesicht bekommen.»

Der Detective kam natürlich schon am nächsten Abend wieder, diesmal nicht in Begleitung des Lieutenant, sondern eines jüngeren und stämmigeren Angehörigen in Zivil seines eigenen Dezernats, der offenbar die Angewohnheit hatte, die Leute anzustarren. «Nun?» fragte Seymour. «Was haben Sie gefunden? Mehr Material für das Buch, über das wir sprachen?»

«Vielleicht ein komplettes Kapitel», entgegnete der Detective. «Wir haben festgestellt, wem das Auto gehört, Mr. Johnstone.»

«Dann wissen Sie auch, wer der Mörder ist!» rief Seymour, begierig, seine geliebte Tante zu rächen. «Haben Sie ihn geschnappt? Ist er verhaftet?»

«Noch nicht», sagte der Detective. «Aber ich denke, wir sind ziemlich nahe an ihm dran. Was meinen Sie, Lou?» sagte er zu seinem Mitarbeiter.

«Sieht ganz so aus», sagte der jüngere Mann mit gleichgültigem Ton, immer noch starrend.

«Überflüssig zu sagen, Mr. Johnstone», fuhr der Detective fort, «daß er nicht zu Haus war, als wir ihm einen Besuch abstatteten. Der Name ist Bertani, das heißt, so nennt er sich. Mr. Johnstone, haben Sie diesen Namen schon einmal gehört?»

«Bertani?» sagte Seymour. «Ich nehme an, das ist der Familienname. Bertani? Bertani? Nein, ich glaube nicht, daß ich jemals von einem Mann gehört habe, der Bertani hieß.»

«Wohnt in einer Hütte in Bowview, drüben in New Jersey», sagte der Detective. «Jedenfalls war er jede Woche ein paar Tage da, wie die Leute aus dem Dorf sagen. Sie glauben, er habe sich dort versteckt oder so. Aus einigen Unterlagen, die wir entdeckt haben, scheint hervorzugehen, daß er eine ganze Reihe Leute im Visier hatte, die er erpressen wollte.»

«Aber dahin wird er bestimmt nicht zurückkommen», sagte Seymour mit enttäuschter Stimme. «Konnten Sie eine gute Beschreibung von ihm bekommen? Glauben Sie, Sie können ihn finden?»

«Sie wissen ja, was diese Beschreibungen wert sind», sagte der Detective. «Diese Leute würden ihn wiedererkennen, wenn sie ihn sähen, das steht fest. Aber wenn es darum geht, jemanden zu beschreiben – na ja, gewöhnlich heißt es dann ‹schwarzer Hut, schwarzer Mantel mit sehr breiten Schultern, mittelgroß, stämmig›, und so weiter.»

«Aber Sie müssen etwas Spezifischeres haben», sagte Seymour. «Haben Sie seine Fingerabdrücke? Was veranlaßt Sie zu sagen, daß Sie ihm auf der Spur sind?»

«‹Ziemlich nahe an ihm dran›, sagte ich», entgegnete der Detective. «Bis jetzt haben wir in der ganzen Bude noch keinen einzigen Fingerabdruck gefunden. Scheint die ganze Zeit Handschuhe angehabt zu haben. Aber wir haben einen kleinen Fingerzeig, mit dem wir es schaffen müßten.»

«Sehr gut!» sagte Seymour. «Etwas, das ihn auf den elektrischen Stuhl bringen wird?»

«Vielleicht nicht direkt», sagte der Detective. «Aber wenn wir den Burschen erst mal haben, werden wir ihn bald zweifelsfrei identifizieren können. Wir werden uns zum Beispiel seinen Mund ansehen.»

«Und was wollen Sie dort finden?» fragte Seymour.

«Einen Goldzahn, hier oben», sagte der Detective und zeigte auf seinen kleinen Backenzahn oben rechts.

«Aha, ja, ich verstehe», sagte Seymour lächelnd, um die Weiße seines eigenen zu entblößen.

«Oder vielleicht nur eine kleine Zahnprothese», sagte der Detective. «Man kann ein Gaumenplättchen leicht gegen ein anderes austauschen.»

«Aber viele Leute haben einen oder zwei falsche Zähne», sagte Seymour mit einem Blick, dessen Entrüstung um so glaubwürdiger ausfiel, als sie nicht gespielt war. «Haben Sie nichts Spezifischeres als das?»

«O doch», sagte der Detective. «Da ist etwas, das allen an dem Burschen aufgefallen ist. Er hatte eine häßliche kleine Zyste an der linken Seite seiner Nase, Mr. Johnstone, genau da, wo Sie auch eine haben. Natürlich haben viele Leute eine Zyste, genau wie viele Leute eine Zahnprothese haben, aber wenn beides wie in diesem bestimmten Fall zusammenkommt, sollten sie wohl lieber erzählen, wo sie ihre Wochenenden verbracht haben.»

Der gefallene Engel

In der Hölle herrschen, wie an anderen Orten, von denen wir wissen, verdammt unangenehme Zustände. Erfahrene, energische und ehrgeizige Teufel werden ohne weiteres damit fertig. Sie rechnen damit, ihr Los zu verbessern und schließlich angesehene Dämonen zu werden.

Bei der großen Masse gewöhnlicher, sich abrackernder, alltäglicher Teufel werden jedwede eskapistische Neigungen zur Genüge von Zerstreuungen aufgefangen, die mit Rundfunk und Fernsehen verwandt sind und ihnen, unterbrochen von schreienden Werbespots, kurze Blicke auf das bieten, was sie für das Paradies halten.

Es gibt freilich gewisse müßiggehende, wertlose und gänzlich undämonische Dämonen, die unaufhörlich davon träumen, all dem zu entfliehen, und ein paar von ihnen haben es tatsächlich geschafft. Die Behörden haben keine große Mühe, sie wieder einzufangen, denn sie sind unweigerlich nicht auf dem Arbeitsmarkt unterzubringen und fallen der Gemeinschaft zur Last.

Doch einige der Flüchtigen haben sich auf verschiedenen winzigen Planetoiden etabliert, die hier und da an den äußeren Rändern der Plejaden verstreut sind. Diese Miniwelten ragen wie immergrüne Atolle aus dem ewigen Blau auf. Hier bauen die Deserteure ihre jämmerlichen Hütten und ernähren sich von etwas planlosem Seelenfang. Sie leben wie Strandläufer, werden jedes Jahr dicker und fauler, und sie vergleichen sich mit den Meuterern von der *Bounty*.

Wenn ihnen nach ein wenig Abwechslung ist, baden sie einfach im azurnen Äther und schwimmen dabei manchmal bis zu den Klippen des Himmels, um einen Blick auf die Mädchen zu erhaschen, die verständlicherweise schön wie Engel sind.

Die Himmelsklippen sind natürlich voll von Ferienorten und gut bewachten Badestränden. Es gibt dort auch ein paar stille Flüßchen und menschenleere Buchten, wo der Äther in Saphirwellen an goldene Felsen und Sand von einer Qualität brandet, die jeden ehrlichen Digger nach Schaufel und Eimer rufen lassen würde. Hier, wo kein Rettungsschwimmer mit ausgebreiteten Fittichen steht, ist Baden streng verboten. Der Grund ist die gelegentliche Anwesenheit jener lauernden, haiähnlichen, entlaufenen Dämonen, und wer entgegen den Vorschriften hingeht, muß bereit sein, die Folgen zu tragen. Trotz oder gerade wegen des Risikos machen sich einige der jüngeren Himmelsbewohner jedoch einen Riesenspaß daraus, gegen die Vorschriften zu verstoßen, wie jüngere Leute es überall tun.

So stieg eines Morgens ein gewisser entzückender weiblicher Engel in eine dieser verbotenen Buchten hinab. Das Wetter war himmlisch, und ihr Herz vibrierte wie eine Saite ihrer eigenen Harfe. Sie hatte das Gefühl, ihr gesegnetes Dasein könne jeden Augenblick zu etwas noch Gesegneterem erblühen. Sie saß eine lange Weile auf einem überhängenden Felsen und sang fröhlich wie eine Morgenlerche. Dann stand sie auf, nahm, ohne recht zu wissen, warum, eine oder zwei Posen ein und machte endlich einen Hechtsprung in den belebenden Äther.

Ein ältlicher, dicker und äußerst unattraktiver Teufel hatte zu keinem anderen Zweck, als den Spanner zu spielen, in den Untiefen am Ufer herumgelungert. Der Anblick dieses lieblichen Geschöpfs verursachte ein kitzelndes und beharrliches Sehnen in dem alten Taugenichts; es stieg in seinem schwarzen Herzen auf wie ein Blubbern in einem Teerkessel. Er stieß sich ab und packte sie, wie ein Hai eine Badeschönheit packen könnte, und er entführte die Ohnmächtige zu seinem kleinen grünen Planeten auf die wackelige Veranda seiner Behausung, die gleichsam wie eine der Fischerhütten, welche man auf jeder Insel in den Tropen findet, aus den Felsen ragte.

Sie kam stöhnend zu sich und sah voller Entsetzen auf ihren abstoßenden Entführer, dessen Wanst über einen schmierigen Gürtel hing und dessen zerschlissene Jeans kaum genügten, um seine Dämonie zu verbergen. Er war bereits dabei, ihr mit einer rostigen Schere die Flügel zu stutzen und die Federn aufzusammeln. «Damit», sagte er, «werde ich meine Pfeife wunderbar reinigen können. Ich rauche gern, wenn ich angle. Dies ist meine Lieblingsangel; sie ist stärker und länger, als sie aussieht. Mit ihr komme ich bis in die Schlafsäle des CVJM. Als Köder benutze ich ein paar angenehme kleine Träume, die ich dann und wann mal hatte. Ich bewahre sie in dem Eimer da drüben auf, und du könntest jetzt gleich einen nehmen und ihn auf den Haken spießen.»

«Diese scheußlichen, zappelnden, glitschigen Dinger!» kreischte sie und schrak bei dem Anblick zurück. «Ich würde sie für nichts in der Welt anfassen.»

«Überleg's dir», sagte er, «wenn du jemals Herz und Bries eines zarten christlichen jungen Mannes kosten möchtest.»

«Ich suche mir selbst etwas zu essen», sagte sie, die Lippen kräuselnd. «Ich esse nur Honig und Blumen und manchmal, wenn ich sehr hungrig bin, ein Kolibriei.»

«Sehr vornehm!» sagte er. «Sehr exklusiv! Aber wenn du denkst, du wärst hier, um die feine Dame zu spielen, denk lieber noch mal nach. Weich, albern und gutmütig – das ist der alte Tom Stummelschwanz, wenn man sein Fell richtig streichelt. Aber wenn man mich wütend macht, kann ich brutal sein, hart und böse. Du wirst meine Haken beködern, wenn ich es dir sage, und du wirst schrubben und scheuern und fegen, und du wirst Essen kochen und dich um den Destillierapparat kümmern und das Bett machen ...»

«Das Bett?» fragte sie. «Ich werde mein Bett machen. Was deins betrifft ...»

«Mach nur eines, ohne das andere zu machen», sagte er, «und ich werde dich an eine Gänseblümchenkandare nehmen und zum Himmel zurückbringen. Ich sagte *Bett*. Das ist Singular, verstehst du, und es wäre noch singulärer, wenn es Plural wäre.» Sprach's und lachte zum Zerspringen.

Der Engel hielt es für einen sehr schlechten Scherz. «Ich weiß, daß ich gegen die Vorschriften verstoßen habe», sagte sie. «Und ich weiß, daß du mich zwingen kannst, für dich zu arbeiten und zu schuften. Aber das, was ich tat, war keine Todsünde, und deshalb kannst du mich auch nicht ein Schicksal erleiden lassen, das schlimmer ist als der Tod.»

«So, schlimmer als der Tod?» sagte der Teufel, in seiner Eitelkeit verletzt. «Das beweist nur, was *du* davon weißt.»

«Wenn ich mehr wissen wollte», erwiderte sie, «würde ich nicht gerade dich als Lehrmeister wählen.»

«Auch nicht wenn ich dir eine funkelnde Halskette machen würde», sagte er, «aus den Tränen unschuldiger Chormädchen?»

«Vielen Dank!» sagte sie. «Behalte deinen wertlosen Talmi, und ich werde meine Unschuld behalten.»

«Talmi!» sagte er entrüstet. «Es ist mir klar, daß du von Schmuck nicht viel verstehst, und auch nicht von Unschuld. Meinetwegen, Schatz, es gibt mehr als ein Mittel, einen widerspenstigen kleinen Drachen zu zähmen!»

Aber der alte Lüstling hatte die Rechnung ohne den Gast gemacht. In den nächsten Tagen probierte er dies und das, doch weder Tyrannei noch Schmeicheleien verfingen etwas gegen ihre schneeige Tugend und seinen rußigen Teint. Wenn er drohend die Stirn runzelte, bekam sie Angst vor ihm, aber wenn er lächelte, haßte sie ihn mehr, als irgendein Teufel je gehaßt wurde.

«Ich könnte», sagte er, «dich in eine Whiskyflasche stecken, aus der du herauskommen mußt, wenn irgendein Kaftanträger den Korken zieht.»

«Tu's doch», sagte sie. «Er kann auch nicht häßlicher sein als du und kein größerer Quälgeist.»

«Vielleicht nicht», sagte er. «Obgleich ich mir vorstellen könnte, daß du sehr wenig Erfahrungen mit Kaftanträgern hast. Ich könnte dich an eine Auster verfüttern, aus der du als Perle eingeschlossen wieder herauskommen wirst, um unter den peinlichsten Umständen gegen eine ganze Wagenladung der Tugend, die du so hoch hältst, eingetauscht zu werden.»

«Ich werde einfach ‹Zuchtperle› schreien», sagte sie ganz kühl. «Und das Opfer wird nach ihrer Pistole greifen, und auf diese Weise werden wir beide erlöst werden.»

«Sehr gut», sagte er. «Aber ich könnte dich als junges Mädchen von neunzehn oder zwanzig zur Erde schikken. Das ist das Alter, in dem die Versuchungen am größten und die Widerstandskräfte sehr gering sind. Und beim erstenmal, wenn du sündigst, werden dein Körper, deine Seele, deine Tugend und alles andere nach sieben Jahren an mich fallen. Und genau das», sagte er fluchend, «werde ich auch tun. Ich war ein Idiot, nicht schon vorher daran gedacht zu haben.»

Gesagt, getan. Er nahm sie bei den Fesseln und schleuderte sie schwungvoll in das Meer des Raumes. Er sah, wie ihr Körper schimmernd nach unten wirbelte, und er hechtete hinter ihr her wie ein Schuljunge hinter einer Silbermünze, die in ein Schwimmbecken geworfen wurde.

Einige Leute, die sehr spät über die Brooklyn Bridge heimgingen, machten einander auf das aufmerksam, was sie für eine Sternschnuppe hielten, und ein wenig später wurde ein trunkener Poet, der von einer Party zurückkehrte, die die ganze Nacht gedauert hatte, durch etwas inspiriert, das er für die Morgenröte hielt, welche durch das dürftige Strauchwerk des Central Park schimmerte. Es war jedoch nicht der Morgen, sondern unser schöner junger weiblicher Engel, auf der Erde gelandet als junges Mädchen, das sowohl seine Kleidungsstücke als auch sein Gedächtnis verloren hatte, was junge Mädchen manchmal tun, und jetzt in einem Stadium völliger Unschuld unter den Bäumen herumirrte.

Es ist unmöglich zu sagen, wie lange dies noch weitergegangen wäre, wenn sie nicht von drei freundlichen alten Damen, die morgens immer als erste in den Park kamen, um ihren Freunden, den Vögeln, Krumen zu bringen, entdeckt worden wäre. Wenn unser Engel bis zur Mittagszeit dort geblieben wäre, hätte alles mögliche passieren können, denn sie hatte all ihre ursprüngliche Schönheit behalten und war rosiger und perlmutterner als jede Morgenröte. Sie war gerundet, milde, saftiger als ein Pfirsich; sie hatte etwas Unwiderstehliches an sich.

Mit einem Zwitschern und Flattern, das dem ihrer gefiederten Lieblinge glich, umringten die drei Damen fürsorglich diese rosige Inkarnation der Unschuld und des Begehrenswerten. «Armes Ding!» sagte Miss Belfrage, «zweifellos hat ein Mann sie in diese Lage gebracht.»

«Irgendein Teufel!» sagte Miss Morrison. Diese Bemerkung amüsierte den flegelhaften Dämon, der unsichtbar daneben stand, über alle Maßen. Er konnte nicht widerstehen, Miss Morrison auf eine Weise zu zwicken, die sie noch nie erlebt hatte. «O Gott! Waren Sie das, Miss Shank?» rief Miss Morrison. «Das können Sie doch nicht gewesen sein?»

«Ich? Ich hab nichts gemacht», sagte Miss Shank. «Was war denn?»

«Mir war», sagte Miss Morrison, «als hätte mich jemand gezwickt.»

«Mir auch», rief Miss Belfrage. «In diesem Augenblick.»

«Mir auch», rief Miss Shank. «Du meine Güte! Vielleicht werden wir jetzt alle unser Gedächtnis verlieren.»

«Bringen wir sie schnell ins Krankenhaus», sagte

Miss Morrison. «Mit dem Park scheint heute morgen etwas nicht in Ordnung zu sein, und die Vögelein wollen nicht näher kommen. *Sie* wissen, was los ist. Was die arme Kleine durchgemacht haben muß!»

Die freundlichen alten Damen brachten unseren schönen, aber unglücklichen weiblichen Engel in ein Sanatorium, wo sie fürsorglich und in gewisser Hinsicht begeistert aufgenommen wurde. Sie wurde schnell in ein kleines Zimmer geführt, dessen Wände enteneigrün gestrichen waren, weil man herausgefunden hatte, daß diese Farbe sehr beruhigend auf junge Mädchen wirkte, die ohne Kleidung und Gedächtnis durch den Central Park geirrt waren. Ein gewisser blitzgescheiter junger Psychoanalytiker bekam den Fall übertragen. Solche Fälle waren seine Spezialität, und es mißlang ihm selten, ihr Gedächtnis irgendwie wieder aufzufrischen.

Der Dämon war natürlich mit zum Sanatorium gefahren, und jetzt stand er da und stocherte in seinen Zähnen und beobachtete alles, was vorging. Zu seiner Freude stellte er fest, daß der junge Psychoanalytiker so gut wie nur möglich aussah. Seine Züge waren männlich und ebenmäßig und seine Augen dunkel und feurig, und wenn er seine neue Patientin anblickte, wurden sie noch feuriger. Was ihre Augen betraf, so nahmen sie einen Vergißmeinnicht-Schimmer an, der den Dämon veranlaßte, sich erneut die Hände zu reiben. Alle waren zufrieden.

Der Psychoanalytiker war eine Zierde seines vielgeschmähten Fachs. Seine Prinzipien waren erhaben, aber nicht erhabener als seine Ehrfurcht vor seiner Wissenschaft. Jetzt schickte er die Krankenschwestern fort, die die Patientin hereingebracht hatten, und setzte sich neben die Couch, auf der sie lag.

«Ich bin hier, um Ihnen zu helfen», sagte er. «Sie scheinen etwas Unangenehmes erlebt zu haben. Ich möchte, daß Sie mir alles sagen, was Sie darüber wissen.»

«Ich kann nicht», sagte sie schwach. «Ich erinnere mich an nichts.»

«Vielleicht haben Sie noch einen Schock», sagte der hervorragende junge Analytiker. «Geben Sie mir Ihre Hand, meine Liebe, damit ich sehe, ob sie abnorm warm oder kalt ist und ob Sie einen Ehering tragen.»

«Was ist eine Hand?» murmelte der unglückliche junge weibliche Engel. «Was ist warm? Was ist kalt? Was ist ein Ehering?»

«Oh, mein armes Mädchen!» sagte er. «Ganz offensichtlich haben Sie einen sehr schweren Schock erlitten. Diejenigen, die vergessen, was ein Ehering ist, sind oft am schlimmsten dran. Jedenfalls ist dies Ihre Hand.»

«Und ist das Ihre?» fragte sie.

«Ja, das ist meine», erwiderte er.

Der junge Engel sagte nichts mehr, sondern blickte auf die Hand, die in seiner lag, und dann senkte sie ihre entzückenden Wimpern und seufzte ein wenig. Das entzückte das Herz des begeisterten jungen Wissenschaftlers, denn er erkannte den Beginn der Übertragung, eines Zustands, der die Mühen der Psychoanalytiker ungemein erleichtert.

«Sehr schön!» sagte er endlich. «Wir müssen herausfinden, was Sie veranlaßt hat, das Gedächtnis zu verlieren. Hier ist der medizinische Befund. Sie scheinen keinen Schlag auf den Kopf bekommen zu haben.»

«Was ist ein Kopf?» fragte sie.

«Dies ist Ihr Kopf», erklärte er ihr. «Und das sind Ihre Augen, und dies ist Ihr Mund.»

«Und was ist dies?» fragte sie.

«Das», sagte er, «ist Ihr Hals.»

Dieser anbetungswürdige junge Engel war die beste aller möglichen Patientinnen. Sie wünschte nichts mehr, als ihren Analytiker zu erfreuen; denn es liegt im Wesen der Übertragung, daß er ihr wie eine strahlende Figur aus ihrer vergessenen Kindheit vorkam. Ihre natürliche Unschuld wurde verstärkt durch die Unschuld der Amnesie, so daß sie das Laken, das sie bedeckte, nach unten schob, und ihn fragte: «Und was ist dies?»

«Das?» sagte er. «Wie können Sie das bloß vergessen haben! Ich werde es nicht vergessen, solange ich lebe. Ich habe noch nie ein schöneres Paar Schultern gesehen.»

Über seine Billigung entzückt, stellte der Engel noch eine oder zwei Fragen, so daß der ehrenwerte junge Analytiker zuletzt von seinem Stuhl aufstand und in einem Zustand beträchtlicher Erregung im Zimmer auf und ab lief. «Fraglos», murmelte er, «erlebe ich hier eine Gegenübertragung in ihrer reinsten oder zumindest intensivsten Form. Ein so hervorragendes Beispiel dieses Phänomens sollte sicher Gegenstand eines Experiments werden. Eine kleine freie Assoziation scheint sich hier anzubieten, aber mit einer kühnen technischen Neuerung. In einem Aufsatz werde ich sie *Die demonstrative somatische Methode bei der Therapie von Fällen vollständiger Amnesie* nennen. Die Anhänger der orthodoxen Schule werden sie ablehnen, aber schließlich wurde selbst Freud zu seiner Zeit abgelehnt.»

Wir werden einen Schleier vor die nun folgende Szene ziehen; denn die Geheimnisse der psychoanalytischen Couch gleichen denen des Beichtstuhls. Tom Stummelschwanz freilich, der sich gerade kaputtlachte, war nichts heilig. «Denn kann es auf der Welt eine größere Sünde geben», dachte er, «als einen so vorbildlichen jungen Psychoanalytiker sich, seine Karriere und seine ganze Berufsehre vergessen zu lassen?»

In einem bestimmten Augenblick machte sich der verschlagene alte Teufel sichtbar und beugte sich mit einem zynischen Lächeln auf seinem wettergegerbten Gesicht über das Ende der Couch.

«Oh, was ist das, Liebling» rief der junge weibliche Engel mit allen Anzeichen der Frustration und Entrüstung.

«Was ist was?» fragte der Analytiker, der gerade ein bißchen zu sehr in seine Forschungen vertieft war.

Der junge weibliche Engel wurde sehr schweigsam und melancholisch. Sie wußte, was sie gesehen hatte, und erinnerte sich jetzt an Dinge, an die sie sich schon früher gern erinnert hätte. Es ist ja bekannt, daß Sünden dieser Art deshalb nicht läßlicher werden. «Oh», sagte sie, «ich glaube, ich habe mein Gedächtnis wiedergefunden.»

«Dann sind Sie geheilt», rief der Analytiker begeistert, «und meine Methode hat sich als richtig erwiesen und wird von allen Fachleuten uneingeschränkt übernommen werden. Was für ein unschätzbares Geschenk ich meinen Kollegen gemacht habe oder zumindest denen, deren Patienten halb oder ein Viertel so schön sind wie Sie. Aber sagen Sie mir, an was Sie sich erinnern. Ich bitte Sie nicht als ihr Arzt, sondern als Ihr zukünftiger Ehemann.»

Wie leicht doch eine Sünde auf die andere folgt, zumal die Sünde, im Anschluß an die soeben begangene zu lügen. Der arme Engel hatte nicht das Herz, sein Glück zu zerstören, indem sie ihm erzählte, daß er sie in sieben Jahren dem groben und ungeschlachten Dämon übergeben müßte. Sie murmelte etwas, das dahin ging, sie sei in der Badewanne eingeschlafen und neige zum Schlafwandel. Ihre Geschichte wurde sofort akzeptiert, und der glückliche junge Analytiker beeilte sich, das Aufgebot zu bestellen.

Sogleich machte der Dämon sich wieder sichtbar und lächelte sein Opfer widerlich gutmütig an. «Schnelle Arbeit!» sagte er. «Du hast mir viel Scherereien erspart. In dieser Stadt gibt es nämlich Mädchen, die sich fast eine Woche lang geziert hätten. Ich werde dir zum Dank eine oder zwei Kisten mit ein paar Kleidungsstücken besorgen, damit deine Geschichte plausibel klingt und du den Burschen heiraten kannst und glücklich wirst. Verlaß dich auf den alten Tom S. – er hat kein eifersüchtiges Haar an seinem Schwanz.» In Wahrheit wußte der alte Schurke, daß sie früher oder später ohnehin jemanden heiraten würde, und da er im Gegensatz zu seiner Behauptung eifersüchtig wie der Teufel war, hielt er es für besser, auf einen eifersüchtig zu sein statt auf zwei. Außerdem war er der Ansicht, sie tue wohl daran, sich einen gut verdienenden Ernährer auszusuchen, mit einem stets gefüllten Eiswürfelbehälter und einer Hausbar und einem Heizkessel im Keller, neben dem er nachts schlafen könnte. Psychoanalytiker pflegen alle diese Voraussetzungen zu erfüllen. Aber was den Ausschlag gab, war die Überlegung, daß eine Ehe, die auf eine Lüge gegründet ist, gewöhnlich reich an anderen Delikten sein wird, die in der Nase eines Teufels so angenehm duften wie Rosen und Lilien in unserer.

Was letzteres betrifft, können wir schon jetzt sagen, daß der alte Halunke bitter enttäuscht wurde. Wohl keine Ehefrau konnte engelhafter sein als unser Engel. Das süße Aroma häuslicher Tugend wurde für den Dämon sogar so erstickend, daß er sich nach Atlantic City begab, um frische Luft zu schöpfen. Er fand die Atmosphäre jenes Badeorts auch so ergötzlich, daß er den größten Teil der sieben Jahre dort blieb. Auf Grund dessen war der Engel beinahe imstande, die Zukunft über dem außerordentlichen Glück der Gegenwart zu vergessen. Am Ende des ersten Jahres wurde sie Mutter eines kräftigen Buben und am Ende des dritten bekam sie eine niedliche kleine Tochter. Das Haus, in dem sie wohnten, war überaus geschmackvoll eingerichtet. Ihr Mann brachte es in seinem Beruf weiter und weiter und wurde auf allen wichtigen Psychoanalytikertagungen laut gefeiert. Aber als das siebte Jahr zur Neige ging, kam der Dämon zurück, um zu sehen, wie die Dinge standen. Er erzählte ihr eine Menge von dem, was er in Atlantic City gesehen hatte, und schmückte das Leben aus, das sie zusammen führen würden, wenn ihre Zeit um sei. Von jenem Tag an erschien er sehr häufig und nicht nur, wenn sie allein war. Er war äußerst taktlos und zeigte sich ihr in Momenten, in denen selbst ein elefantenhäutiger Teufel begriffen hätte, daß seine Anwesenheit peinlich war. Sie schloß dann die Augen, aber Teufel sieht man mit geschlossenen Augen noch deutlicher. Sie seufzte bitterlich.

«Wie kannst du in solchen Momenten so bitterlich seufzen?» fragte ihr Mann sie. Der Engel konnte es schlecht erklären, und es verursachte beinahe eine Kluft zwischen ihnen.

«Ich frage mich», sagte der Analytiker bei einer anderen solchen Gelegenheit, «ob dies irgendwie mit dem Erlebnis zusammenhängen kann, das zu deinem Gedächtnisverlust führte. Ist es möglich, daß du nicht vollständig geheilt bist? Es erschüttert beinahe meinen Glauben an meine Methode.»

Dieser Gedanke nagte an ihm, bis er am Rand eines Zusammenbruchs war. «Mein Lebenswerk ist zerstört», sagte er eines Tages. «Ich habe den Glauben an meine große Entdeckung verloren. Ich bin ein Versager. Von nun an wird es bergab gehen. Ich werde zur Flasche greifen. Hier ist schon ein graues Haar. Was ist schlimmer als ein alter, grauhaariger, betrunkener Psychoanalytiker, der den Glauben an sich und seine Wissenschaft verloren hat, die er beide für das Höchste hielt? Meine armen Kinder, mit was für einem Vater ihr groß werden müßt! Ihr werdet kein schönes Heim, keine Ausbildung und wahrscheinlich keine Schuhe haben. Ihr werdet keine Discos von innen sehen. Ihr werdet Minderwertigkeitskomplexe bekommen, und wenn ihr verheiratet seid, werdet ihr sie an euren bedauernswerten Partnern abreagieren, und sie werden ebenfalls zur Analyse müssen.»

Bei diesen Worten ließ der arme junge Engel alle Vorsätze fahren. Es waren schließlich ohnehin nur noch ein paar Wochen übrig. Sie hielt es für besser, den Rest ihres Glücks zu zerstören, als das Leben ihres Mannes und ihrer Kinder zu ruinieren. An jenem Abend erzählte sie ihm alles.

«Ich hätte nie geglaubt, daß es solche Dinge gibt», sagte ihr Mann, «aber du, mein Liebling, hast mich dazu gebracht, an Engel zu glauben, und von da ist es nur ein kurzer Schritt, auch an Teufel zu glauben. Du hast meinen Glauben an meine Wissenschaft wiederhergestellt, die oft mit Teufelsaustreibung verglichen wurde. Wo ist er? Kann ich ihn mal sehen?»

«Nichts leichter als das», erwiderte der Engel. «Geh

etwas früher als sonst nach oben und versteck dich in meinem Schrank. Wenn ich nach oben komme und mich ausziehe, wird er sich mit einiger Sicherheit zeigen.»

«Sehr gut», sagte ihr Mann. «Weil es ziemlich kalt ist, brauchst du dich heute abend vielleicht nicht ...»

«Oh, Liebling», sagte sie, «es ist viel zu spät, sich noch mit solchen Lappalien abzugeben.»

«Du hast recht», sagte er, «ich bin schließlich Psychoanalytiker und daher weitherzig, und er ist nur der Teufel.»

Er ging sofort nach oben und versteckte sich, und seine engelhafte Frau folgte ihm kurz danach. Wie sie erwartet hatte, erschien der Teufel in einem bestimmten Augenblick, ausgestreckt auf der Chaiselongue und den Engel frech anstarrend. Er ging so weit, das unschuldige Geschöpf auf seine Art fröhlich zu zwicken, als es vorbeiging. «Du wirst dünn», sagte er. «Aber wenn wir in den Flitterwochen sind, wirst du bald wieder in alter Form sein. Wieviel Spaß wir zusammen haben werden! Du hast keine Ahnung, was ich in Atlantic City alles gelernt habe!»

So redete er eine Weile weiter. Zuletzt trat der Ehemann aus den Schrank und packte ihn am Handgelenk.

«Lassen Sie meine Hand los!» sagte der Teufel und versuchte, sich aus dem Griff zu lösen; denn diese alten, plumpen und sinnlichen Teufel werden wie ängstliche und verstockte Kinder, wenn sich ihrer ein Psychoanalytiker bemächtigt.

«Ihre Hand interessiert mich gar nicht», sagte der Analytiker mit herablassender Gleichgültigkeit. «Sondern Ihr Schwanz.»

«Mein Schwanz?» stammelte der alte Tom erschrokken. «Wieso mein Schwanz? Was ist damit los?»

«Ich bin sicher, daß es ein sehr guter Schwanz ist», entgegnete der Analytiker. «Aber ich denke mir, Sie würden ihn gern loswerden.»

«Meinen Schwanz loswerden?» rief der entsetzte Teufel. «Warum bei allem, was mir unheilig ist, sollte ich ihn loswerden wollen?»

«Jeder nach seinem Geschmack», sagte der Analytiker mit einem verächtlichen Achselzucken. «Haben Sie in Atlantic City auch nur eine Menschenseele gesehen, die ein solches Anhängsel hat?»

«Na ja, nein, eigentlich nicht», erwiderte der niedergeschlagene Unhold. Die Wahrheit ist, daß Dämonen, die uns anderen so vieles einflüstern, selbst äußerst leicht zu beeinflussen sind. So werden sie zu dem, was sie sind.

«Meiner Ansicht nach ist dieser Schwanz rein psychischen Ursprungs», sagte der Analytiker. «Und ich glaube, er könnte ohne weiteres geheilt werden.»

«Wer hat gesagt, daß ich ihn heilen lassen möchte?» entgegnete der Dämon zornig.

«Gesagt hat es niemand», antwortete der Mann der Wissenschaft seelenruhig. «Aber Sie haben es *gedacht*, und Sie haben versucht, den Gedanken zu unterdrükken. Sie haben selbst zugegeben, daß Sie ein sehr ausgeprägter Voyeur sind – zu den damit verbundenen nachteiligen Folgen später. Sie haben zumindest gesehen, was bei einem gut gebauten Mann als normal und erfreulich gilt, und Sie würden zweifellos gern dem Zeitgeschmack entsprechen.»

«Ich habe viel Spaß», sagte der Dämon, nun sehr in der Defensive.

Der Analytiker verzog die Lippen zu einem mitleidigen und ungläubigen Lächeln. Er wandte sich an seine

Frau. «Meine Liebe», sagte er. «Ich muß dich bitten, uns allein zu lassen. Die Vertraulichkeiten dieser verklemmten und unglücklichen Wesen sind heilig.»

Der Engel zog sich sofort zurück und machte die Tür sehr leise hinter sich zu. Der Analytiker setzte sich an das Kopfende der Chaiselongue, auf der der unglückliche Teufel lag. «Sie glauben also, Sie hätten viel Spaß?» sagte er in dem sanftesten Ton, den man sich vorstellen kann.

«Ja», erwiderte der Unhold herausfordernd. «Und vor allem werde ich bald noch mehr Spaß haben.»

«Es ist natürlich nur eine Hypothese», sagte der Analytiker. «In diesem frühen Stadium der Analyse kann es nicht mehr sein. Aber ich vermute, was Sie als Spaßhaben hinstellen, ist lediglich die Verdrängung für eine sehr erhebliche Fehlleistung. Die physischen Symptome sind deutlich. Sie sind sehr fettleibig, und ich vermute, das wiederum hat zu einem Herzleiden geführt.»

«Es stimmt, daß ich dann und wann leichte Atembeschwerden habe», sagte der Teufel unbehaglich.

«Würde es Ihnen etwas ausmachen, mir zu sagen, wie alt Sie sind?» sagte der Analytiker.

«Dreitausendvierhundertvierzig», antwortete der Teufel.

«Ich hätte Sie mindestens tausend Jahre älter geschätzt», sagte der Analytiker. «Aber ich erhebe nicht den Anspruch, unfehlbar zu sein. Eines ist jedoch ziemlich sicher: Sie waren in Ihrer ursprünglichen Umgebung ein großer Außenseiter, sonst wären Sie nicht davongelaufen. Und jetzt versuchen Sie, vor der Analyse davonzulaufen. Sie ist eine Bedrohung Ihres Schwanzes. Sie sind sich bewußt, daß er sie furchtbar entstellt, aber Sie sind nicht bereit, ihn aufzugeben.»

«Oh, ich weiß nicht», sagte der Dämon unsicher.

«O ja, Sie klammern sich an ihn als Zeichen Ihrer Teuflischkeit», sagte der Analytiker hart. «Und worauf läuft diese Teuflischkeit hinaus? Ich denke, wir werden herausfinden, daß sie ein Protest ist, der in einem Gefühl der Zurückweisung wurzelt, das durchaus in dem Moment eingesetzt haben kann, als Sie ein Teufel wurden. Sogar die Geburt eines Menschen ist eine traumatische Erfahrung. Wieviel schlimmer muß es sein, als ein armer, zurückgewiesener Teufel geboren zu werden.»

Der unglückliche Dämon zuckte mit den Schultern, zupfte an seinen Hautlappen und zeigte andere Zeichen der Kümmernis. Da stieß der Analytiker richtig zu, indem er depressive Schübe, unbestimmte Ängste, ein Schuldgefühl, einen Minderwertigkeitskomplex, Schlafstörungen, einen Zwang, zuviel zu essen und zu trinken, sowie psychosomatische Stiche und Schmerzen anführte. Am Ende flehte der arme Teufel ihn geradezu an, analysiert zu werden; alles, worum er noch bat, waren Extrasitzungen, damit er schneller geheilt werden könne.

Der Analytiker war bereit, ihm den Gefallen zu tun. Er schickte seine Frau und seine Kinder in einen langen Sommerurlaub und arbeitete Tag und Nacht mit seinem schwierigen Patienten. Ehe der Engel zurückkehrte, hatte der verwandelte Teufel das Haus in einem perlgrauen Anzug, schwanzlos, vergleichsweise schlank und geistig auf Draht verlassen. Er verlobte sich kurz darauf mit einer Mrs. Schlager, einer Witwe, die zu ihrer Zeit auch eine heikle Patientin gewesen war.

Er besuchte das Heim seines Wohltäters, schaukelte die Kinder auf seinen Knien und entschuldigte sich bei seiner Gastgeberin für all die Unannehmlichkeiten, die er ihr bereitet hatte. Sie verzieh ihm sehr gern, denn sein schlechtes Benehmen war schließlich die Folge unbewußter Impulse gewesen und hatte zu ihrer Ehe geführt, so daß sie fand, er sei ein Freund der Familie. Es nervte zwar ein bißchen, wenn er immer wieder von seinem Fall erzählte, aber das tun sehr viele, die erfolgreich analysiert wurden. Zuletzt machte er in der Wall Street Karriere, wo er so viel verdiente, daß er bald in der Lage war, dem jungen Psychoanalytiker eine großartige Klinik zu stiften.

Die Prise Muskat macht's

Zehn oder zwölf große Firmen subventionieren unser mineralogisches Institut, und die meisten von ihnen lassen dort wenigstens einen Mann ständig forschen. Die Bibliothek hat die intime und verräucherte Atmosphäre eines Klubs. Logan und ich waren am längsten da und hatten die beiden Tische vor dem großen Erkerfenster. An der Wand, am Rand des Erkers, wo das Licht schlecht war, stand ein kleiner Tisch, der für neue Kollegen oder für Gäste freigehalten wurde.

Eines Morgens saß ein neuer Mann an diesem Tisch. Es war nicht nötig, auf die Bücher zu blicken, die er von den Regalen genommen hatte, um zu wissen, daß er sich mit Statistiken befaßte und nicht mit Formeln. Er hatte eines jener schädelähnlichen Gesichter, auf denen die Haut schmerzhaft straffgezogen zu sein scheint. Sie sind fast ein Kennzeichen von Statistikern. Sein Mund war unerhört diszipliniert, begann aber bei der geringsten Lockerung zu zucken. Seine Hände waren der Brennpunkt einer minderen Erkrankung. Wenn er sie beide zusammen ausstreckte – beispielsweise, um ein offenes Buch fortzuschieben –, starrte er eine volle Minute ununterbrochen auf sie. Die zuckende Tätigkeit seiner Mundwinkel war dann besonders ausgeprägt.

Der Neue beugte sich tief über seinen Tisch, wenn

jemand hinter seinem Stuhl vorbeiging, als wollte er die Wahrscheinlichkeit eines Kontakts verringern. Im Moment nahm er gerade eine Zigarette, aber sein Blick fiel auf das Schild «Rauchen verboten», das allgemein mißachtet wurde, und er steckte die Zigarette in die Schachtel zurück. Am späteren Vormittag löste er eine Tablette in einem Glas Wasser auf. Ich tippte auf eine seit langem bestehende Angstneurose.

Beim Mittagessen erwähnte ich es Logan gegenüber. Er sagte: «Der arme Bursche sieht gewiß so jämmerlich aus wie eine nasse Katze.»

Ich gehöre nicht zu den vielen Leuten, die von der freudlosen Ichbezogenheit der Nervösen und Unglücklichen abgestoßen oder abgeschreckt werden. Logan, der weniger Neugier verspürt, ist die Gutmütigkeit selber. Wir beobachteten, wie dieser Mann einige Tage in seiner depressiven Isolation dasaß, während er von der angenehmen und vertraulichen Atmosphäre der Bibliothek umströmt wurde. Dann luden wir ihn ohne weitere Diskussion ein, mit uns zu essen.

Er reagierte wie ein typischer Neurotiker auf die Einladung und wog ein halbes Dutzend unbestimmter Einwände gegeneinander ab, ehe er sie annahm. Er kam also mit, und als die Mahlzeit vorüber war, bestätigte er meinen Verdacht, daß er nach Gesellschaft gehungert hatte, aber zu gehemmt war, um selbst einen Anlauf zu nehmen. Natürlich hatten wir schon herausgefunden, wie er hieß – J. Chapman Reid –, und daß er bei der Walls Tyman Corporation arbeitete. Er nannte eine Reihe von Städten, in denen er früher gelebt hatte, und erzählte uns, daß er ursprünglich aus Georgia komme. Das waren alle Informationen, die er uns gab. Er ging erst merklich aus sich heraus, als das Gespräch sich allgemeinen Themen zuwandte, und zeigte dann und wann, daß er einen scharfen und ätzenden Verstand hatte, wie ich ihn am liebsten mag. Er war rührend dankbar für die spontane Einladung. Er dankte uns, als wir von unseren Stühlen aufstanden, er dankte uns wieder, als wir das Restaurant verließen, und an der Schwelle der Bibliothek dankte er uns noch einmal. Das machte es nur natürlicher, für die nächste Zeit einen gemütlichen Abend vorzuschlagen.

In den folgenden Wochen sahen wir J. Chapman Reid recht häufig und stellten fest, daß er ein sehr angenehmer Gesellschafter war. Ich habe eine große Schwäche für diese drögen, zurückhaltenden Charaktere, die ein- oder zweimal am Abend ein treffendes, scharfsinniges Bonmot loslassen, das beweist, daß tief in ihnen ein vulkanischer Kern brodelt. Wir hätten sogar Freunde werden können, wenn Reid selbst diesen letzten Schritt nicht verhindert hätte, weniger durch seine Zurückhaltung, die ich für einen Teil seines Wesens nahm, als durch seine überflüssige Dankbarkeit. Er machte nicht viel Worte – der Typ war er nicht –, aber ein zugelaufener Hund braucht nicht zu reden, um seine Abhängigkeit und Anerkennung zu zeigen. Es war klar, daß unsere Gesellschaft für J. Chapman Reid alles war.

Eines Tages sah Nathan Trimble, ein Freund Logans, in die Bibliothek herein. Er war Journalist und wollte eine Stunde totschlagen, bis sein Zug fuhr. Er setzte sich mit dem Gesicht zum Fenster und dem Rücken zu den anderen auf Logans Tisch. Ich ging herum und redete mit ihm und Logan. Kurz bevor Trimble gehen mußte, kam Reid herein und setzte sich an seinen Tisch. Trimble sah sich zufällig um, und er und Reid erblickten einander.

Ich beobachtete Reid. Nach dem ersten erschrockenen Blick sah er den Besucher kein einziges Mal mehr an. Er saß ungefähr eine Minute ganz still da, und sein Kopf senkte sich ruckartig tiefer, als drücke ihn jemand nach unten. Dann stand er auf und verließ die Bibliothek.

«Mein Gott!» sagte Trimble. «Wißt ihr, wer das ist? Wißt ihr, wen ihr da habt?»

«Nein», sagten wir. «Wen denn?»

«Jason C. Reid.»

«Jason C.?» sagte ich. «Nein, er heißt J. Chapman. Ach so, ja, ich verstehe. Na und?»

«Mann, um Gottes willen, lesen Sie denn nicht Zeitung? Erinnern Sie sich nicht an den Hackebeilmord von Pittsburgh?»

«Nein», sagte ich.

«Moment», sagte Logan. «War das nicht vor etwa einem Jahr? Ich habe darüber gelesen.»

«Jesses!» sagte Trimble. «Es war eine Sensation, die überall Schlagzeilen machte. Dieser Bursche kam dafür vor Gericht. Sie sagten, er habe einen Kumpel beinahe in Stücke gehackt. Ich habe die Leiche gesehen. Ich hab noch nie in meinem Leben ein solches Schlamassel gesehen. Grotesk! Schrecklich!»

«Aber», sagte ich, «offenbar war es nicht dieser Bursche. Er scheint doch nicht verurteilt worden zu sein.»

«Sie haben versucht, es ihm anzuhängen», sagte Trimble, «aber es gelang ihnen nicht. Ich muß sagen, daß es verdammt böse für ihn aussah. Die beiden waren allein. Keine Spur von einem Dritten. Aber kein Motiv. Ich weiß nicht. Ich weiß einfach nicht. Ich habe über den Prozeß berichtet. Ich war jeden Tag im Gericht, aber ich wurde mir einfach nicht klar über den Burschen. Laßt bloß keine Hackebeile in der Bibliothek herumliegen, das ist alles.»

Damit verabschiedete er sich von uns. Ich sah Logan an. Logan sah mich an. «Ich glaube es nicht», sagte Logan. «Ich glaube nicht, daß er es getan hat.»

«Kein Wunder, daß seine Nerven ihn fertigmachen», sagte ich.

«Ja», sagte Logan. «Es muß schrecklich sein. Und jetzt ist es ihm hierher gefolgt, und er weiß es.»

«Wir werden ihm irgendwie zu erkennen geben», sagte ich, «daß wir uns nicht mal die Mühe machen werden, ins Zeitungsarchiv zu gehen.»

«Gute Idee», sagte Logan.

Etwas später kam Reid wieder herein, und seine Bewegungen ließen auf intensive Selbstbeherrschung schließen. Er kam zu uns herüber. «Würden Sie es vorziehen, unsere Verabredung für heute abend abzusagen?» sagte er. «Ich denke, es wäre besser. Ich werde meine Firma bitten, mich wieder zu versetzen. Ich ...»

«Warten Sie», sagte Logan. «Wer hat das gesagt? Wir nicht.»

«Hat er es Ihnen nicht erzählt?» sagte Reid. «Natürlich hat er.»

«Er hat gesagt, Sie hätten vor Gericht gestanden», sagte ich. «Und er hat gesagt, Sie seien freigesprochen worden. Das genügt uns.»

«Sie sind freigesprochen worden», sagte Logan. «Und Sie werden es bleiben. Wir werden *nicht* quatschen.»

«Oh!» sagte Reid. «Oh!»

«Schwamm drüber», sagte Logan und wandte sich wieder seinen Papieren zu.

Ich nahm Reid an der Schulter und gab ihm einen

freundschaftlichen Schubs zu seinem Tisch hin. Den Rest des Nachmittags vermieden wir es, zu ihm hinzusehen.

Als wir uns an jenem Abend zum Essen trafen, waren wir natürlich ein bißchen befangen. Reid spürte es wahrscheinlich. «Hören Sie», sagte er, als wir zu Ende gegessen hatten, «würde es Ihnen etwas ausmachen, wenn wir heute nicht ins Kino gingen?»

«Mir nicht», sagte Logan. «Wollen wir zu Chancey gehen?»

«Nein», sagte Reid, «ich möchte, daß wir irgendwohin gehen, wo wir reden können. Gehen wir zu mir.»

«Wie Sie wollen», sagte ich. «Es ist aber nicht notwendig.»

«Doch, es ist notwendig», sagte Reid. «Wir bringen es am besten hinter uns.»

Er war nervlich so am Ende, daß wir zustimmten und mit in seine Wohnung gingen, wo wir noch nie gewesen waren. Es war ein Apartment mit Schrankbett, von dem ein Bad und eine Kochnische abgingen. Obgleich Reid nun schon über zwei Monate in der Stadt war, ließ absolut nichts darauf schließen, daß er überhaupt hier wohnte. Es hätte ein Raum gewesen sein können, den er nur für das heikle Gespräch heute abend gemietet hatte.

Wir setzten uns, aber Reid stand sofort wieder auf und stellte sich zwischen uns, vor den imitierten Kamin.

«Ich würde lieber nichts über das sagen, was heute passiert ist», begann er. «Ich würde es lieber ignorieren und vergessen sein lassen. Aber es ist nicht vergessen. Es hat keinen Sinn, mir zu sagen, Sie würden nicht mehr daran denken. Natürlich denken Sie daran. Das hat bisher jeder getan. Meine Firma schickte mich damals nach

Cleveland. Dort wurde es auch bekannt. Alle dachten daran, tuschelten darüber, fragten sich ... Verstehen Sie, es wäre bestimmt aufregender, wenn der Bursche *doch* schuldig wäre, nicht wahr? Irgendwie bin ich froh, daß es herausgekommen ist. Ich meine, bei Ihnen beiden. Die meisten Leute ... ich möchte auf keinen Fall, daß die etwas wissen. Sie beide ... Sie sind anständig zu mir gewesen ... und ich möchte, daß Sie alles wissen. Alles.

Ich kam von Georgia nach Pittsburgh und arbeitete dort zehn Jahre bei Walls Tyman. In meiner dortigen Zeit lernte ich ... ich lernte Earle Wilson kennen. Er war auch aus Georgia, und wir wurden sehr gute Freunde. Ich habe nie viele Leute gekannt. Earle war nicht nur mein bester Freund: Er war fast mein einziger.

Gut. Der Job, den Earle bei uns in der Firma hatte, war besser bezahlt als meiner. Er konnte sich ein kleines Haus vor der Stadt leisten. Ich pflegte zwei oder drei Abende in der Woche hinauszufahren. Wir verbrachten sehr ruhige Abende. Sie müssen verstehen, daß ich mich in dem Haus sehr heimisch fühlte. Ich fühlte mich nicht als Gast. Wenn ich müde war, ging ich einfach nach oben und legte mich aufs Bett und machte ein Schläfchen für eine halbe Stunde. Das ist doch nichts Besonderes, oder?»

«Nein, nichts Besonderes», sagte Logan.

«Einige Leute schienen das nicht zu finden», sagte Reid. «Eines Abends fuhr ich nach der Arbeit wieder hin. Wir aßen, wir saßen ein bißchen herum, wir spielten eine Partie Schach. Er mixte ein paar Drinks, dann mixte ich ein paar. Ganz normal, nicht wahr?»

«Sicher», sagte Logan.

«Ich war müde», sagte Reid. «Ich fühlte mich zerschlagen. Ich sagte, ich würde nach oben gehen und mich eine halbe Stunde hinhauen. Danach geht es mir immer besser. Ich ging also hoch.

Wenn ich das mache, schlafe ich jedesmal eine halbe Stunde ganz fest, und dann geht es mir wieder besser. Diesmal schien ich zu träumen, es war so etwas wie ein Alptraum. Ich dachte, es wäre ein Luftangriff und hörte, wie Earle mich rief, aber ich wachte nicht auf, jedenfalls nicht, ehe die übliche halbe Stunde um war.

Ich ging nach unten. Das Zimmer war dunkel. Ich rief Earle und wollte von der Treppe zum Lichtschalter gehen. Auf halbem Weg stolperte ich über etwas – wie sich herausstellte, war es die Stehlampe, die umgekippt war, und ich fiel hin, genau auf ihn drauf.

Ich wußte, daß er tot war. Ich stand auf und machte Licht. Er lag da. Er sah aus, als ob er von einem Wahnsinnigen angegriffen worden wäre. Er war fast in Stücke gehackt. Mein Gott!

Ich griff sofort zum Hörer und rief die Polizei. Klar. Während sie unterwegs waren, sah ich mich um. Aber als erstes ging ich einfach benommen hin und her. Offenbar muß ich wieder ins Schlafzimmer gegangen sein. Ich kann mich nicht daran erinnern, aber sie fanden einen Blutfleck auf dem Kopfkissen. Ich selber war natürlich auch mit Blut bedeckt. Absolut bedeckt, ich war auf ihn draufgefallen. Sie können verstehen, daß man benommen ist, ja? Sie können auch verstehen, daß man einfach wieder nach oben geht und sich später nicht daran erinnern kann? Verstehen Sie das?»

«Ich, ja», sagte Logan.

«Es scheint völlig natürlich zu sein», sagte ich.

«Sie dachten, damit hätten sie mich gekriegt», sagte Reid. «Sie sagten es mir ins Gesicht. Diese Idioten! Ich erinnere mich, daß ich mich umsah und entdeckte, womit es getan worden war. Earle hatte eine große Messersammlung in der Küche. Eine Tochterfirma von uns arbeitete in der Branche. Eines davon war ein Hackbeil, wie man es üblicherweise in einem Metzgerladen sieht. Es lag dort auf dem Teppich.

Die Polizei kam also. Ich erzählte ihnen alles, was ich konnte. Earle war ein stiller Bursche. Er hatte keine Feinde. Hat überhaupt *irgend jemand* solch einen Feind? Ich dachte, es müsse ein Irrer gewesen sein. Nichts fehlte. Es war kein Raub, es sei denn, ein halb verrückter Penner war eingedrungen und hatte dann zuviel Angst gehabt, um etwas mitzunehmen.

Wer immer es gewesen war, er war spurlos verschwunden. Zu spurlos für die Polizei. Und zu spurlos für mich. Sie suchten nach Fingerabdrücken, und sie konnten keine finden.

Bei solchen Sachen läuft eine endlose Prozedur ab. Ich will Sie nicht mit jeder einzelnen Kleinigkeit langweilen. Aber ihre Routine schien nicht zu langen – der Bursche war zu gerissen für sie. Doch sie brauchten natürlich einen Täter. Also beschuldigten sie mich.

Die Anklage beruhte ausschließlich auf Indizien. Gott allein weiß, wieso sie glaubten, sie könnten damit durchkommen. Vielleicht glaubten sie es nicht mal. Aber, verstehen Sie, wenn sie eine gute Indizienanklage zusammenbasteln könnten und ich nur freikommen würde, weil die Geschworenen sich nicht einig sein würden – dann ist das etwas ganz anderes, als zugeben müssen, daß man nicht die kleinste Spur von dem tatsächlichen Mörder gefunden hat.

Was war das Beweismaterial gegen mich? Daß sie keine Spuren von jemand anderem hatten finden können! Aber das beweist höchstens ihre verdammte Unfähigkeit, mehr nicht. Ermordet ein Mann seinen besten Freund vielleicht für nichts? Konnten sie irgendeinen Grund finden, irgendein Motiv? Zuerst haben sie versucht, eine Frau zu finden. Sie haben die Mentalität eines Groschenblatts. Sie haben in unseren finanziellen Angelegenheiten rumgestöbert. Sie haben sogar versucht, sich irgendein Sabotageding auszudenken. Himmel, wenn Sie beide wüßten, was es heißt, mit Visagen aus einem Comicstrip konfrontiert zu werden und dem entsprechenden Grips. Falls Sie jemals eines Mordes beschuldigt werden, hängen Sie sich am besten gleich die erste Nacht in Ihrer Zelle auf.

Zuletzt klammerten sie sich an unsere Schachpartie. Unsere arme, harmlose Schachpartie! Wissen Sie, wir unterhielten uns immer die ganze Zeit, während wir spielten, und manchmal vergaßen wir sogar, wer am Zug war. Vermutlich gibt es Leute, die sich so sehr über ein kindisches Spiel streiten, daß sie Amok laufen, aber für mich ist das völlig unbegreiflich. Können *Sie* begreifen, daß ein Mann seinen Freund wegen eines Spiels ermordet? Ich nicht. Ich erinnere mich übrigens, daß wir das Spiel neu anfangen mußten, und zwar nicht nur einmal, sondern zweimal – zuerst, als Earle die Drinks mixte, und dann, als ich sie mixte. Wir hatten beide Male vergessen, wer als nächster ziehen mußte. Sie bissen sich jedoch daran fest. Sie mußten den Schatten eines Motivs finden, und das war das Äußerste, was sie finden konnten.

Mein Anwalt zerriß es natürlich in der Luft. Gott sei Dank war es in der Firma gerade Mode, in der Mittagspause Schach zu spielen. Er fand also schnell ein halbes Dutzend Männer, die schworen, daß weder Earle noch ich das Spiel jemals ernst genug nahmen, um uns deshalb in die Haare zu kriegen.

Ein anderes Motiv konnten sie nicht bieten. Absolut keines. Unser Leben war einfach, gewöhnlich, eintönig und offen wie ein Buch. Die Situation war also folgende: Sie konnten das, wofür sie bezahlt wurden, nicht finden. Deshalb waren sie dafür, einen Unschuldigen in die Todeszelle zu schicken. Ist das noch zu überbieten?»

«Es klingt ganz schön verwerflich», sagte ich.

«Ja», sagte er leidenschaftlich. «Verwerflich, das ist der richtige Ausdruck. Sie bekamen, was sie wollten – die Geschworenen stimmten neun zu drei für Freispruch, was das Gesicht der Polizei rettete. Aber sie hatten mehr als genug Gelegenheit anzudeuten, daß sie doch die ganze Zeit auf der richtigen Spur gewesen seien. Sie können sich vorstellen, wie mein Leben seitdem aussieht. Wenn Sie jemals in einen solchen Schlamassel geraten, liebe Freunde, hängen Sie sich um Gottes willen gleich die erste Nacht in Ihrer Zelle auf.»

«Reden Sie nicht so», sagte Logan. «Zugegeben, Sie haben Schlimmes durchgemacht. Etwas verdammt Schlimmes. Aber es ist vorbei. Jetzt sind Sie hier.»

«Und wir sind hier», sagte ich. «Wenn Ihnen das hilft.»

«Hilft?» sagte er. «Mein Gott, wenn Sie ahnen würden, wie sehr das hilft. Ich werde nie imstande sein, es Ihnen zu sagen. Ich bin in solchen Dingen nicht gut. Verstehen Sie, ich schleppe Sie, die einzigen Leute, die mich anständig behandelt haben, hierher und rede mir alles von der Seele, und ich biete Ihnen nicht mal einen Drink an. Entschuldigung, ich mache Ihnen sofort einen – was möchten Sie?»

«Mir ist absolut nach einem Highball», sagte Logan.

«Sie sollen etwas Besseres bekommen», sagte Reid, zur Kochnische gehend. «In unserer Ecke von Georgia gibt es eine kleine Spezialität. Sie muß nur richtig gemixt werden. Einen Moment, bitte.»

Er verschwand durch die Tür, und wir hörten, wie Korken gezogen wurden, ein lautes Mixen und dann das Eingießen. Dabei unterhielt er sich durch die Türöffnung weiter mit uns. «Ich bin froh, daß ich Sie hierher mitgenommen habe», sagte er. «Ich bin froh, daß ich Ihnen alles erzählt habe. Sie haben keine Ahnung, was das bedeutet – daß jemand einem glaubt und einen versteht. Bei Gott! Mir ist, als lebte ich wieder.»

Er kam mit drei randvollen Gläsern auf einem Tablett zurück.

«Auf die Zukunft!» sagte Logan, als wir die Gläser hoben.

Wir tranken und zogen anerkennend die Augenbrauen hoch. Der Drink schien ein abgewandelter Sherry Flip zu sein, mit einer reichlichen Prise Muskat.

«Mögen Sie ihn?» rief Reid eifrig. «Es gibt nicht viele Leute, die das Rezept für diesen Drink kennen, und noch weniger können ihn richtig machen. Es gibt eine oder zwei blödsinnige Variationen, die einige verdammte Idioten mixen – eine Schande für Georgia. Ich könnte ... ich könnte ihnen das Zeug über den Kopf gießen. Einen Moment! Sie haben beide ein gutes Urteilsvermögen. Bei Gott, ja, das haben Sie. Sie sollen selbst entscheiden.»

Damit sauste er in die Kochnische zurück und klapperte noch hektischer mit seinen Flaschen als eben, redete abgehackt mit uns, lobte die orthodoxe Version seines Drinks und verdammte alle Imitationen.

«So, das wär's», sagte er und brachte das Tablett wieder herein, das diesmal mit Drinks beladen war, die sichtlich anders garniert waren. «Diese Mißgeburten sind mit Muskatblüte und Ingwer bestreut, statt mit Muskat. Nehmen Sie. Trinken Sie. Spucken Sie es auf den Teppich, wenn Sie wollen. Ich werde gleich noch mal drei richtige machen, damit Sie den Geschmack wieder vertreiben können. Probieren Sie nur. Sagen Sie mir lediglich, was Sie von einem Barbaren halten, der behaupten kann, *das* sei ein Georgia Flip. Los, sagen Sie es mir!»

Wir nippten. Es gab keinen erheblichen Unterschied. Wir sagten jedoch, was er von uns erwartete.

«Was meinst du, Logan?» fragte ich. «Der erste schmeckt irgendwie richtiger.»

«Kein Zweifel», sagte Logan. «Der erste ist der echte.»

«Ja», sagte Reid mit aschfahlem Gesicht und Augen wie glühende Kohlen. «Und *das* hier ist Aufwaschwasser. Der Mann, der das einen Georgia Flip nennt, ist nicht fähig, Stiefelwichse zu mixen. Ohne Muskat! Die Prise Muskat macht's. Jemand, der den Muskat wegläßt … Ich könnte ihn …!»

Er streckte beide Hände aus, um das Tablett zu nehmen, und sein Blick fiel auf sie. Er blieb regungslos sitzen und starrte auf seine Hände.

Wenn die Jugend wüßte und das Alter könnte

Das erste, was einem an Henri Maurras auffiel, war unweigerlich seine messerscharfe und donquijotehafte Adlernase, die von einem Paar riesiger, außerordentlich dunkler und melancholischer, aber zu feurigen Blicken fähiger Augen flankiert wurde. Dieser romantische Zug wurde leider von dem kindlichen Schmollmund eines Parisers und einem lächerlichen kleinen Schnurrbart Lügen gestraft.

Was den Rest betraf, so war er ein Würstchen von einem jungen Mann, ein Strich in der Landschaft, und trug einen papierdünnen grauen Anzug, unter dem seine kleinen Gesäßbacken wie eine Haarnadel wirkten. Er arbeitete als Hilfsbuchhalter in einem Kaufhaus in Marseille, und er wünschte sich glühend, verheiratet zu sein.

Oft pflegte er beim Addieren einer Zahlenkolonne innezuhalten und den Blick seiner dunklen Augen nach oben zu richten, während er sich die Braut seiner Träume vorstellte, jung, aufopfernd, leidenschaftlich, köstlich gerundet und gleichwohl von untadeligem Ruf. Unser leidenschaftlicher *petit bourgeois* legte besonders viel Wert auf den untadeligen Ruf.

Sein kleiner Schnurrbart zuckte immer, wenn er sich

die Spaziergänge vorstellte, die sie, von allen beneidet, die sie erblickten, am Sonntag machen würden. Sie würde innig an seinem Arm hängen und alle Männer zur Verzweiflung treiben; er würde einen feinen Anzug von Marquet tragen und einen schicken Spazierstock in der Hand halten.

«Vergnügen ist gut und schön», sagte er zu seinen Kollegen, wenn sie am Zahltag eine kleine Eskapade vorschlugen. «Aber welches Vergnügen kann sich damit messen, verheiratet zu sein? Ich meine, mit einer schönen Frau, lustig, liebenswürdig, einfühlsam und ...» Seine Hände skizzierten gewisse Konturen in der Luft. «Dafür», sagte er, «muß man sparen. Man muß warten.»

«Unsinn», sagte die anderen. «Komm mit uns zu Madame Garcier. Das Sparen wird dann vielleicht etwas schwerer, aber das Warten unendlich erträglicher. Ein junger Mann hat schließlich ein Recht auf ein bißchen Glück à conto.»

«Nein, nein», sagte er. «Ich habe gewisse Ideale. Ihr würdet sie kaum verstehen.»

Henris Ideale, so hoch wie sein Nasenrücken, bewahrten ihn vor den käuflichen Zärtlichkeiten, die bei den jungen Leuten von Marseille so beliebt sind. Der Satz «*Ein bißchen Glück à conto*» schlug jedoch unheilvolle Wurzeln. Unter seinem Einfluß erlag er der Versuchung eines prachtvollen Malakka-Spazierstocks, der im Schaufenster des teuersten Geschäfts der ganzen Rue Saint-Ferréol ausgestellt war. «Schließlich», sagte er sich, «muß ich früher oder später ohnehin einen kaufen. Warum nicht gleich?»

Sobald er das Geld über den Ladentisch gereicht hatte, war er beinahe bereit, sich umzubringen, so grämte er sich über seine Extravaganz. Trotzdem zitterte er vor Freude, als er seinen neuen Schatz herumwirbelte, sich darauf stützte und ihn über den Arm hängte. Als er das Geschäft verließ, bildete er sich ein, daß einige gutgekleidete Herren ihn mit neidischem Interesse musterten. «Warte nur», dachte er, «bis sie dich in einem Anzug von Marquet und mit deiner entzückenden Frau am Arm sehen.»

Als er heimkam, stellte er seine Neuerwerbung in den Schrank. Vor seinem Hochzeitstag durfte sie auf gar keinen Fall Kratzer bekommen oder auch nur den geringsten Glanz verlieren. Alles sollte an jenem Tag untadelig sein, alles absolut makellos.

Nichtsdestoweniger setzte er jeden Abend, ehe er sich auszog, seinen Hut wieder auf, holte für ein paar Minuten seinen Stock heraus und hielt ihn auf diese und jene Weise vor den Spiegel. Er wirbelte ihn so anmutig herum, wie das schmale Schlafzimmer erlaubte, und setzte sich aufs Bett, um mit ihm ein Herz auf den Teppich zu zeichnen.

Der Spazierstock hatte einen Horngriff von allerbester Qualität. Er war so glatt und rund, wie man sich nur vorstellen kann, und von einem schmalen Goldreif umgeben, der durchaus einem Ehering glich.

Da er nun einen solchen Spazierstock sein eigen nannte, konnte Henri nicht mehr widerstehen, Blicke auf die Mädchen zu werfen, obgleich er erst viel zuwenig gespart hatte, um eine derartige Kühnheit zu rechtfertigen. Er war etwas beunruhigt über einen gewissen Ausdruck in den attraktiveren Gesichtern, die er ansah, einen Ausdruck, den man nur damit beschreiben kann, daß er weltliche Erfahrung andeutete. «Wo soll ich eine Braut finden», dachte Henri, «die so frisch, untadelig und rein ist wie mein neuer Spazierstock?» Er überlegte nicht, daß dieser Stock nicht belaubt zu ihm gekommen war, geradewegs aus dem Sumpf, in dem er gewachsen war, sondern glatt und vervollkommnet aus der Hand des Polierers.

Henri hoffte jedoch weiter. Jeden Abend fuhr er mit dem Bus heim zu seiner kleinen Wohnung am anderen Ende der Avenue du Prado. Anfang Mai sind die Straßen von Marseille um diese Tageszeit erfüllt von einem goldenen Licht. Die neuen Blätter der zahllosen Platanen vermischen ihr lindes Gelbgrün mit dem Glanz der untergehenden Sonne.

Eines Abends stieg ein Mädchen in den Bus. Henri sah auf; seine prachtvolle Nase hob sich stolz, seine dunklen Augen flammten, sein kleiner Schnurrbart zuckte, und sein kindlicher Mund spitzte sich wie von einer Biene gestochen. Sie war eine Marseillerin vom italienischen Typus und so schön wie eine blaue Traube. Ihre Haut hatte den gewissen Flor. Der dunkelfarbige Flor verdichtete sich über der betörend geschwungenen Oberlippe zu einem feinen, anbetungswürdigen Flaum. Ihr Blick war wie der einer Gazelle, ihre Wangen waren weich, und ihre Figur war jung und stattlich zugleich, so daß jeder Mann sie bewundern mußte, besonders aber er, dessen Gesäßbacken unter seiner armseligen Hose so spitz wie eine Haarnadel waren.

Um allem die Krone aufzusetzen, war sie sehr schlicht angezogen; denn sie trug eines jener unscheinbaren schwarzen Kleider, die wohlhabende Bäuerinnen bevorzugen, denen es so ungleich besser geht als kleinen Buchhaltern. Sie hatte schwarze Baumwollhandschuhe an. Sie mußte aus einer sehr achtsamen Familie stammen von der soliden, altmodischen Art, die sie fern der dubiosen Mode aufgezogen hatte. Solche altmodischen Leute nehmen es für gewöhnlich peinlich genau mit der Mitgift. Henri bewunderte, billigte und liebte.

«Es stimmt zwar», dachte er, «daß ich noch ihre Zuneigung erringen, die Zustimmung ihrer Familie gewinnen und einen ganzen Berg von Francs sparen muß. All das ist möglich, aber wie soll ich bloß ihre Bekanntschaft machen? Sie kann jeden Moment aussteigen. Wenn ich sie anspreche, wird sie mir entweder antworten, und dann kann sie nicht so tugendhaft sein, wie sie aussieht; oder sie wird mir nicht antworten, und ich werde sie nie wiedersehen.» Hier erlebte Henri eines der größten Dilemmas, die der Menschheit bekannt sind, und eines, das die Philosophen traurigerweise vernachlässigt haben.

Das Schicksal war jedoch ganz auf seiner Seite. Der Bus hielt eine volle Minute an einer Ecke, wo eine Zigeunerfamilie ihre traditionelle Vorstellung gab. Eine Ziege kletterte unsicher auf eine Trittleiter, ein räudiger Bär stand daneben und trat in melancholischen Gedanken an seine Ausbildung von einer Tatze auf die andere, ein nervöser Affe präsentierte ein Miniaturtamburin für die Sous der Passanten.

Das Mädchen in seiner kindlichen Schlichtheit war hingerissen von dem bekannten Anblick. Es drückte das Gesicht an die Scheibe, lächelte selbstvergessen und wandte den anderen Fahrgästen dann einen strahlenden Blick zu, um zu sehen, ob sie ebenfalls Spaß daran hatten. Henri beugte sich vor und fand den Mut, die Kommentare eines Mannes von Welt abzugeben.

«Sehr possierlich, der kleine Affe», sagte er.

«Ja, Monsieur, sehr possierlich.»

«Der Bär, wie drollig er ist.»

«O ja, Monsieur, sehr drollig.»

«Und die Ziege. Für ein Haustier ist sie auch drollig.»

«Ja, Monsieur, sie ist wirklich drollig.»

«Die Zigeuner sind sehr malerisch, aber man muß sich vor ihnen in acht nehmen.»

In diesem Augenblick fuhr der Bus wieder an. Eine geistreiche Unterhaltung wurde unterbrochen, aber die Bekanntschaft war gemacht, und auf eine so einfache und harmlose Weise, daß selbst der anspruchsvollste aller künftigen Ehemänner nichts dagegen einwenden konnte. Das Anfahren des Busses sorgte für den kürzesten, aber köstlichsten Kontakt. Ein *rapport* war hergestellt; ihre Münder äußerten Banalitäten, aber ihre Schultern waren überaus beredsam. «Mademoiselle», sagte Henri endlich, «darf ich zu hoffen wagen, Sie am Sonntag auf einen kleinen Spaziergang zu sehen?»

«Oh, ich fürchte, das wird kaum möglich sein», entgegnete das junge Mädchen mit einem hinreißenden Anflug von Verwirrung.

Henri erneuerte seine Bitte mit allem Gefühl, dessen er fähig war, und zuletzt kam seine Circe, die Marie hieß, zu dem Schluß, sie könnte die Hindernisse, die ihren Ursprung zweifellos in der übermäßigen Wohlanständigkeit ihrer Erziehung hatten, vielleicht überwinden.

Das Rendezvous wurde verabredet. Henri, im Bus allein geblieben, fuhr weit über sein Ziel hinaus, da er in einer inneren Verzückung verloren war, die jeder Beschreibung spottete. Der Zuschlag betrug zwei Francs.

Am Abend verbrachte er eine volle Stunde vor dem Spiegel und schwenkte den Spazierstock auf die Weise, in der er ihn am Sonntag vorzuführen hoffte. «Kein Zweifel», sagte er zu sich, «ein solcher Stock und ein solches Mädchen schreien geradezu nach einem neuen Anzug von Marquet. Ich werde gleich morgen hingehen.» Er zeichnete mehrere Herzen, die anschließend alle von Pfeilen durchbohrt und von Initialen umrankt wurden. «Ich werde mit ihr zu den *calanques* gehen», sagte er sich, «und wenn ich dort neben ihr auf einem Felsen sitze, werde ich so etwas in den Sand zeichnen. Sie wird erraten, was ich meine.»

Am Sonntag ging alles so gut, wie ein Verliebter nur wünschen kann. Henri war als erster beim Stelldichein, und bald sah er sie näher kommen. Diesmal trug sie ein Sommerkleid und weiße Baumwollhandschuhe. Sie hatte das glückliche Aussehen eines kleinen Mädchens, das die Schule schwänzt. «Ihre Eltern müssen sehr streng sein», dachte Henri. «Um so besser. Ich möchte wissen, unter welchem harmlosen Vorwand sie es geschafft hat wegzukommen.»

Ihre Begrüßung war so herzlich, wie er nur verlangen konnte. Jeder wahre Verliebte und auch einige, deren Ziele weniger ehrenwert sind, kennt die köstliche Verheißung jenes ersten Treffens, bei dem sich beide Seiten offen und ungekünstelt wie Kinder benehmen und sich dann an den Händen fassen, wenn sie zum Bus gehen. Tage, die so beginnen, sollten unter freiem Himmel verbracht werden, und kein Ort unter der Sonne ist besser für sie geeignet als jene tiefen und schroffen Küsteneinschnitte bei Marseille, die *calanques* heißen. Schneeige Felsen fallen in glasklares Wasser ab, das von winzigen Sandstränden gesäumt ist, die für das Zeichnen von Herzen und Pfeilen prädestiniert sind. Kleine Kiefern bedecken die Hänge, und wenn die Nachmittagssonne heiß scheint, besteht noch mehr Grund, sich in ihre Schatten zu flüchten.

So taten es auch Henri und seine Marie. «Ziehen Sie die Handschuhe aus», sagte er, «und ich werde Ihnen aus der Hand lesen.»

Bereitwillig streifte sie den Handschuh ab, der ihre rechte Hand bedeckte, und reichte ihm diese mit größter Anmut.

«Nein», sagte er, «ich bitte Sie, beide auszuziehen.»

Marie errötete und zögerte und fing mit quälender Langsamkeit an, den anderen abzustreifen.

«Er scheint ziemlich eng zu sitzen», sagte Henri.

«Sie verlangen zuviel», sagte sie. «Es ist erst das erste Mal, daß ich mit Ihnen ausgehe. Ich habe nicht gedacht, daß sie mich bitten würden, meine Handschuhe auszuziehen.»

«Endlich», dachte Henri, «habe ich ein Mädchen von einer Einfachheit und Tugend gefunden, die in der Welt von heute einzigartig sein dürften.»

«Marie», rief er, seine Lippen auf ihre Hände drükkend, «ich bete Sie mit jeder Faser meines Seins an. Ich flehe Sie an, mein zu sein. Ich sehne mich nach Ihnen, ich brenne und verzehre mich danach, mit Ihnen verheiratet zu sein.»

«O nein», sagte sie. «Das ist unmöglich.»

«Dann lieben Sie mich nicht», sagte er. «Ich habe zu früh davon gesprochen.»

«Nein», sagte sie. «Vielleicht tue ich es. Aber wie kann ich Ihnen antworten? Es würde ein Jahr, vielleicht zwei, möglicherweise sogar drei dauern.»

«Na und?» rief er. «Ich werde warten. Ich muß übrigens noch eine Menge Geld sparen.» Er erzählte ihr von den Aussichten der Kaufhausbranche und von der Lage seiner alten Mutter, die von gewissen Verwandten abscheulich behandelt worden war.

Marie war weniger deutlich in der Schilderung ihrer Verhältnisse. Sie sagte jedoch, sie werde sehr streng behandelt und könne einen jungen Mann, den sie auf eine so ungewöhnliche Weise im Bus kennengelernt habe, wohl kaum zu Haus vorstellen.

«Das ist ein Nachteil», sagte Henri, «aber sei es, wie es wolle. Früher oder später wird uns etwas einfallen. Bis dahin sind wir verlobt, nicht wahr? Wir werden jeden Sonntag hierherkommen.»

«Es wird sehr schwer für mich sein wegzukommen», sagte sie.

«Keine Angst», sagte er. «Es wird sich von selbst regeln. Inzwischen sind wir verlobt. Deshalb darf ich Sie in meine Arme schließen.»

Es folgte ein Zwischenspiel, bei dem Henri jenes Glück empfand, das nur jungen Männern von den dürftigsten Ausmaßen in Gesellschaft von Mädchen zuteil wird, die so angenehm gerundet sind wie Marie. Gegen Ende des Tages konnte Henri seine künftige Hochzeit beinahe so sehr als Realität betrachten wie den Kauf des Anzugs und des Stocks. «Es stimmt», dachte er, «man hat das Recht auf ein bißchen Glück à conto.»

Er ging heim als der glücklichste Jüngling in Marseille oder auch in ganz Frankreich, und am nächsten Tag nahm er sogar seinen Stock mit ins Büro, denn er konnte es nicht ertragen, sich von ihm zu trennen.

Am Abend betrachtete er im Bus die Leute, die an den einzelnen Haltestellen warteten. Er hatte das Gefühl, das Schicksal könne ihm außer der Reihe einen überraschenden Blick auf seine Angebetete gewähren. Und tatsächlich, nach einem oder zwei falschen Alarmen sah er ihre Schulter und ihre Nackenlinie, als sie zwei- oder dreihundert Meter weiter in einer dichtgedrängten Gruppe von Leuten stand. Er erkannte eine bestimmte Rundung sofort.

Sein Herz pochte, seine Hände zitterten, beinahe hätte er seinen Stock nicht mehr festhalten können. Der Bus hielt, und er drehte sich um, sie zu begrüßen, als sie einstieg. Zu seinem Schrecken und seiner Entrüstung schien sie ihn nicht zu erkennen und runzelte, als er zu ihr hin stolperte, warnend die Stirn.

Henri sah, daß hinter ihr ein alter Mann ging, ein Mann an die Achtzig, eine gewaltige Ruine von Mann, mit trüben und tiefliegenden Augen, einem struppigen weißen, scheußlich verfärbten Schnurrbart und zwei oder drei gelben Stummeln in einem höhlenartigen Mund. Er setzte sich neben die anbetungswürdige Marie und faltete seine riesigen und schmutzigen Hände, an denen die Adern wie Peitschenschnüre hervorstanden, auf dem Griff eines billigen und gemeinen Spazierstocks, einem aus Bambus gefertigten Greuel. Er trug das teure und häßliche schwarze Wolltuch des wohlhabenden Bauern.

Henri betrachtete das Paar. «Vermutlich ist er ihr Vater», dachte er.

Das Auge des Verliebten ist jedoch nicht leicht zu täuschen. Henri wußte sehr gut, daß dieser alte Mann nicht ihr Vater war. Er versuchte ein Gefühl akuten Unbehagens zu unterdrücken. «Er ist sehr alt», dachte Henri. «Es ist wahrscheinlicher, daß er ihr Großvater ist. Vermutlich hat er sie irgendwie unter der Knute. Er scheint auf eine sehr vertrauliche Art neben ihr zu sitzen. Wie sehr wünschte ich, daß wir auf der Stelle heiraten könnten!»

In diesem Augenblick näherte sich der Schaffner dem alten Mann und klapperte mit seiner Fahrscheintasche vor dessen Nase herum. «Wenden Sie sich an Madame», grummelte der alte Mann mit einer tiefen und polternden Stimme.

Henri setzte sich wie vom Blitz getroffen. «Es ist unmöglich», sagte er sich wieder und wieder. «Aber was ist natürlicher, als wenn ein Mann von seiner Begleiterin als Madame spricht, wenn er mit einem Kellner, einem Busschaffner oder dergleichen redet, egal ob sie verheiratet ist oder nicht? Außerdem ist der alte Narr senil; er weiß nicht, was zum Teufel er sagt. Er denkt, sie sei seine Frau, ihre Großmutter; seine Gedanken sind in der Vergangenheit.»

Während er das sagte, hatte er ihre linke Hand mit dem weißen Handschuh, den sie so mühsam abgestreift hatte, vor Augen.

«Sie ist ein reines, anständiges, aufrichtiges, redliches Mädchen», dachte er. «Ja, eben deshalb hatte sie solche Schwierigkeiten mit dem Handschuh. Ein raffiniertes Mädchen hätte den Ehering abgestreift, ehe sie sich mit mir traf. Um so schlimmer ist es!»

«Nein, nein. Ich verliere den Verstand. Er *ist* ihr Großvater. Möglicherweise ihr Urgroßvater. Sieh nur, wie alt er ist. Die Leute sollten getötet werden, ehe sie dieses Alter erreichen. Sieh dir seinen Mund an, seine Zähne! Falls er wirklich ihr Mann *wäre* und sie tätschelte! Unsinn! Ich bin verrückt. Der Gedanke ist absurd.»

Nichtsdestoweniger litt er die heftigsten inneren Qualen, bis er am Ende der Woche die Nachricht erhielt, Marie werde sich am Sonntag für eine oder zwei Stunden freimachen können. Sie werde um zwei Uhr am selben Treffpunkt sein. Nichts konnte einfacher und beruhigender sein als diese kurze Nachricht, die Unschuld und Zuneigung hauchte. Ein oder zwei Worte arglos falsch geschrieben, was immer Aufrichtigkeit signalisiert. Henris Verdacht schwand so plötzlich, wie er gekommen war. «Wie grausam ich war», dachte er, als er sich beeilte, sie zu treffen. «Ich werde sie um Verzeihung bitten. Ich werde mich auf die Knie werfen. Aber nein, nicht in diesem Anzug. Alles in allem wäre es wohl besser, wenn ich kein Wort darüber verlöre. Was für einen Ehemann würde ich in ihren Augen abgeben, wenn ich jetzt schon eifersüchtig auf einen unappetitlichen alten Mann bin? Ah, da kommt sie! Wie lieblich sie ist! Wie strahlend! Ich verdiente es wirklich, mit meinem eigenen Stock verprügelt zu werden.»

Sie kam lächelnd auf ihn zu und streckte ihre Hand mit dem weißen Baumwollhandschuh aus. Henris Blick fiel auf den Handschuh, und sein unbefangener Gruß erstarb auf seinen Lippen. «Wer», sagte er rauh, «war dieser alte Mann, der mit dir zusammen war?»

Marie ließ ihre Hand sinken und starrte Henri an.

«Er ist nicht dein Vater», sagte Henri in einem Ton der Verzweiflung und Wut.

«Nein», sagte sie, offensichtlich gelähmt vor Entsetzen.

«Er ist nicht dein Großvater!» rief Henri. «Er ist dein Mann.»

«Wie hast du das herausbekommen?» rief sie.

«Du hast mich getäuscht!» rief Henri. «Ich dachte, du seist rein, treu, arglos, ohne Fehl. Ich ... ich ... ich ... lassen wir das. *Adieu*, Madame. Haben Sie die Güte, morgen früh in die Zeitung zu schauen, um zu sehen, ob sich irgendein Unglücklicher von den Wällen des Château d'If gestürzt hat.»

Damit machte er auf dem Absatz kehrt und schritt in die unheilkündende Richtung des Hafens fort, wo die kleinen Boote Schaulustige zum Château d'If bringen. Marie lief mit einem Schrei hinter ihm her und umklammerte mit beiden Händen seinen Arm.

«Tu nichts Übereiltes», flehte sie. «Glaub mir, ich bete dich an.»

«Und trotzdem», sagte er, «heiratest du einen unappetitlichen alten Mann.»

«Aber das war, ehe ich dich kennengelernt habe.»

«Wie dem auch sei, Madame. Ich wünsche Ihnen alles Glück der Welt.»

«Aber, Geliebter», sagte sie, «du tust mir unrecht. Er ist reich. Ich war jung. Meine Eltern haben mich gedrängt. Du kannst doch nicht annehmen, daß ich ihn liebe.»

«Laß mich, Dirne!»rief Henri.

«Oh, du bist nicht nett!» sagte sie. «Warum solltest du eifersüchtig sein? Du bist jung. Du bist elegant, sogar dein Spazierstock ist *comme il faut*. Du siehst gut aus. Du bist mein Traum. Wie kannst du damit drohen, eine Verzweiflungstat zu begehen? Der alte Mann wird nicht ewig leben. Wir beide würden reich sein. Wir könnten glücklich sein. Henri, waren wir letzten Sonntag, draußen an den *calanques*, nicht glücklich? Ich bin noch die gleiche.»

«Was?» rief Henri. «Glaubst du, ich mache mir etwas aus seinem schmutzigen Geld? Könnte ich jemals wieder glücklich sein mit dir, wenn ich an diesen alten Mann denke?»

«Aber», sagte sie, «es ist fast eine Million Franc.»

«Zum Teufel damit!» sagte Henri. «Angenommen, wir heirateten, wir stiegen in den besten Hotels ab, wir hätten sogar eine Wohnung in Paris, wie könnte ich irgend etwas genießen, wenn ich mir euch beide zusammen vorstelle?»

«Aber er ist doch so alt», sagte sie. «Er ist fast blind. Er kann kaum noch sprechen. Er ist taub. Er ist all seiner Sinne beraubt. Ja, Henri, *all* seiner Sinne.»

«Was meinst du damit, *all* seiner Sinne?» sagte Henri, in seinen schnellen Schritten innehaltend.

«Aller seiner Sinne», sagte sie, wandte sich um und nickte ihm ernst zu. «Aller. Aller. Aller.»

«Er ist achtzig», sagte sie. «Wer ist eifersüchtig auf einen achtzigjährigen Mann? Was gibt es da, worauf man eifersüchtig sein könnte? Nichts. Überhaupt nichts.»

«Trotzdem», sagte Henri. «Sie sind manchmal schlimmer als alle anderen. Ja, tausendmal schlimmer. Laß mich. Laß mich gehen.»

«Er ist ein Stück Holz», sagte sie ernst. «Henri, kann man auf ein Stück Holz eifersüchtig sein? Es ist vielleicht nicht die Situation, die du dir wünschen würdest, und ich ebensowenig, aber sie hat letzten Endes nichts zu bedeuten. Von einer Million Franc kann man das allerdings nicht sagen.»

Henri verlangte zehntausend Beteuerungen und bekam sie alle. Der Pariser in ihm drängte zu einer realistischen Beurteilung der Lage. «Wir sollten großzügig sein», dachte er. «Vorausgesetzt natürlich, da ist wirklich nichts. Absolut und hundertprozentig nichts!»

«Ich werde dich jeden Sonntagnachmittag sehen können», sagte Marie. «Ich habe ihm vorgeschlagen, daß er zwischen zwei und sechs einen kleinen Spaziergang macht und im Café einen Apéritif zu sich nimmt. Ich fand nur sehr schlechte Vorwände, um nicht mitgehen zu müssen, aber zu meiner Überraschung war er sofort einverstanden. Ich hatte mit großen Schwierigkeiten gerechnet.»

«Dann ist er eifersüchtig?» rief Henri. «Ein Stück Holz ist nicht eifersüchtig.»

«Im Gegenteil», sagte Marie. «Ist das so schwer zu verstehen, Liebling?»

«Und doch», sagte Henri, «begreife ich nicht, warum er eifersüchtig sein sollte. Ich bin eifersüchtig; das ist natürlich. Aber ein Stück Holz ...»

Marie beruhigte ihn mit weiteren zehntausend Beteuerungen, und als er sich endlich von ihr verabschiedete, war sein Glück uneingeschränkt wiederhergestellt.

Nur ein Härchen blieb in der Suppe. «Wenn ich bedenke», dachte er, «wie außerordentlich gewissenhaft ich gewesen bin, anders als jeder andere junge Mann in Marseille, scheint es gewiß sehr ungerecht zu sein. Ich habe mein Geld nie für Mädchen ausgegeben. Ich habe nie ein Etablissement wie das von Madame Garcier besucht. Und jetzt soll ich ein Mädchen heiraten, das ... Sicher, er ist achtzig. Mit achtzig ist ein Mann nicht mehr als ein Stück Holz. Trotzdem, die Gewichte sind jetzt ungleich zwischen uns verteilt. Das wird tausend bittere Gedanken auslösen, wenn wir verheiratet sind. Sie ist so schön. Und da ist die Million Franc. Welch ein Jammer, wenn es irgendeinen Grund zur Bitterkeit geben sollte. Wie reizend sie heute ausgesehen hat. Ich wünschte, wir hätten uns unter jener kleinen Kiefer draußen an der *calanque* versöhnen können. Dann könnte ich die Dinge jetzt gelassener betrachten.»

In diesem Moment kam ihm ein bestimmter Gedanke. Unmöglich zu sagen, woher er kam. Wahrscheinlich von dem Pariser in ihm. «Wir wären quitt», sagte er sich. «Es würde weitgehend verhindern, daß Bitterkeit aufkommt. Sie würde um so glücklicher sein. Schließlich ist es nicht meine Schuld, daß wir nicht zur *calanque* gehen konnten.»

Mit diesen Überlegungen richtete er seine Schritte zu dem berühmten Etablissement der Madame Garcier, das von seinen Kollegen so sehr empfohlen wurde. Dieser diskrete Zufluchtsort hatte allen Anschein eines privaten Wohnhauses; die Tür wurde von einer Hausangestellten geöffnet, die Besucher in ein Vorzimmer führte.

«Madame wird sich sofort um Sie kümmern», sagte das Mädchen zu Henri, nahm seinen Hut und Spazierstock und brachte beides zu einem altmodischen Garderobenständer. Dann geleitete sie ihn in das Vorzimmer und zog sich zurück, ohne die Tür hinter sich zu schließen.

«Eine ausgezeichnete Idee», dachte Henri, «jetzt werden wir einander nichts vorzuwerfen haben, und ich werde der schlimmere von beiden sein, wie es sich für einen Mann gehört. So werde ich keine Bitterkeit empfinden. Wie glücklich wir sein werden! Und was bedeutet schließlich eine kleine Extravaganz, wo wir eine Million Franc erben werden?»

In diesem Augenblick hörte er Schritte auf der Treppe und eine Stimme, offensichtlich die von Madame, die irgendeinen bevorzugten Kunden zur Tür brachte.

«Es war eine sehr angenehme Überraschung», sagte sie gerade. «Als ich von Ihrer Hochzeit hörte, sagte ich schon, wir hätten Sie das letzte Mal gesehen. Delphine und Fifi waren untröstlich.»

«Was wollen Sie», grummelte die Antwort in einer tiefen und polternden Stimme, die Henri die Haare zu Berge stehen ließ. «Ein Mann muß sich irgendwann zur Ruhe setzen, Madame, zumal wenn er nicht mehr der jüngste ist. Es ist sozusagen eine vaterländische Pflicht. Aber ich bin Gott sei Dank noch im vollen Besitz meiner Kräfte, Madame, und wenn ein Mann das ist, braucht er Abwechslung. Außerdem, Madame, die jungen Frauen heutzutage ...»

Henri fiel beinahe in Ohnmacht. Er hörte, wie die Haustür ins Schloß fiel und sich die Schritte der Besitzerin dem Raum näherten, in dem er saß. Er hatte das Gefühl, um jeden Preis entfliehen zu müssen.

«Verzeihung, Madame», murmelte er. «Ich fürchte, ich habe es mir anders überlegt. Ein plötzliches Unwohlsein.»

«Wie Sie wollen, Monsieur», sagte die alte Kupplerin. «Bei mir wird niemand gezwungen. Aber wenn Monsieur wenigstens eine junge Dame in *Augenschein* nehmen möchte ... um ein paar nette Worte zu wechseln ...»

«Nein, nein, vielen Dank», sagte Henri verzweifelt und trat auf die Diele. «Ich muß gehen. Ah, da ist mein Hut. Aber mein Spazierstock? Wo ist mein Spazierstock?»

Er starrte hin, aber sein Stock war fort. An seiner Stelle hatte der letzte Besucher einen billigen, häßlichen, abgenutzten alten Bambusstock dagelassen.

Quellenhinweise

Die dreizehn für diesen Band ausgewählten Erzählungen erschienen erstmals:
Noch eine amerikanische Tragödie (Another American Tragedy), Denk nichts Böses (Think No Evil), So blind ist keiner (None Are So Blind), Die Prise Muskat macht's (The Touch of Nutmeg Makes It), in «The New Yorker», 1940, 1957, 1955, 1940. Rufen Sie nicht an, wir melden uns wieder (Don't Call Me, I'll Call You), in «Playboy», 1973. Ein Wort an die Klugen (A Word to the Wise), in «Esquire», 1940. Der Hochzeitskuchen (Wedding Cake), in «Harper's Bazaar», 1938. Der Liebeskenner (The Love Connoisseur), in «Ellery Queen Magazine», 1958. Ein alter Bekannter (Old Acquaintance), Der gefallene Engel (Fallen Star), Wenn die Jugend wüßte und das Alter könnte (If Youth Knew if Age Could), in «Fancies and Goodnights», Doubleday and Company, Inc., New York 1951. Überversichert (Over Insurance), in «Town and Country Magazine», 1940. Das Scharfschießen (The Roughest Shoot), 1976 (bisher unveröffentlicht).

Inhalt